好きでも嫌いなあまのじゃく

まもる

エンジン

角川文庫
24136

目次

プロローグ

※

――問題。

あなたが道を歩いていると、知人を見かけました。

ただ、知人はあなたがよく知らない別の人と話すのに夢中で、あなたのことに気づいていません。

さて、あなたはどうしますか？

八《や》ツ瀬柊《せひいらぎ》の答えは、

「自分も知人に気づかなかったふりをして、その場を通りすぎる」

もしくは、

「脇道があるなら、そっちに道を変えて、話をしている二人の邪魔にならないようにする」

である。

人と関わるのが嫌いというわけではない。

むしろ、人の輪には加わりたいと思っているし、学校でもクラスメイトたちの輪の中にはいる。ただ、友達と呼べるほど、気心の知れた相手はいない。だから、体育の授業で、生徒の数が偶数の時は良いが、奇数の時は居心地が悪い。教師の「二人一組になって」の号令がかかると、偶数の時は組んでくれる相手が一応いるが、奇数の時は高確率であぶれるからだ。目立つのは嫌、他人の先頭に立って積極的に何かするのも苦手。けれど、頼まれると嫌とは言えないし、困っている人は見捨てられない。

「周りの意見をしっかり聞けるのは良いことですが、自分の意見もちゃんと言えるようになりましょう」が小学生の時、担任教師から送られた言葉。

そういう十五歳、そういう高校生だった。八ツ瀬柊という少年は。

だから、今、なぜこんなことになっているのか。

自分でもよく分からないのである。

※

「違う！　こう、指先までしっかり伸ばして！」

言われた通り、必死に指先まで意識を集中し、右手を高く掲げようとしてみる。

が、もう無理だと他ならぬ自分の体が言っている。大体、それでなくても、下半身は片足を上げ、一本足で立っている状態だ。バレリーナの舞う姿を切り取ったような――とでも言えば優雅に聞こえるだろうが、あれは才能の上に努力を重ねた者だけに可能な姿勢であって、素人が見様見真似でできるものではない。

「とっ……とっと。これ以上、無理だって！」

とうとう悲鳴まじりにギブアップを宣言する。すると、柊のかたわらに立っていたその少女は「うーん」と顔をしかめ、軽く首をひねった。

「仕方ない。私がやるか」

「は？」

場所は、高速道路の料金所のすぐ手前である。

平日の午前中ということもあってか、目の前の道に観光客を乗せた車が通りかかることはあまりなかった。逆に多いのはトラックだ。そのトラックを含め、ほとんどの車は無表情な顔をして、さっさと柊たちの前を通り過ぎていく。

頭上にはからりと晴れた夏空が広がっていた。

こんな絵に描いたようなドライブ日和の中、柊とその少女がここで何をやっているのかというと、要はヒッチハイクだった。自分たちには車がない。当然、免許もない。しかし、目的地は遠い。高速バスやタクシーを使うお金はない。なら、ヒッチハイク一択ではないか――と言い出したのは少女の方で、もちろん柊は反対した。「他人に迷惑をかけてはいけない」という学校教育にどっぷり浸《つ》かり、性格も社交的とは言えない柊にとって、見ず知らずの人が運転する車に無賃乗車させてもらうヒッチハイクはおそろしくハードルが高い。あれこれ異論を口にしたが、少女は一切、聞く耳を持たなかった。

「じゃ、柊は歩きで。私は車で。現地集合ということで」

というのが、反対する柊に向かって言い放った少女の言葉。

はい、そうですかとうなずくわけにもいかない。

結局、この料金所の前まで渋々ついていく羽目になり、そして、今、バレリーナもどきの妙なポーズをやらされているのである。いくら手を挙げてもまったく停まってくれない車に業を煮やした少女が「目立つ姿で注目してもらおう」と発案した結果だ。

「私がやるって――」

「聞いた通り。ちょっと、どいてて」

「え……ちょ」

片足立ちのままだった柊を押しのけるようにして、少女が前に出てきた。あおりを食ってバランスを崩した柊の足先から、サンダルがすぽっと抜けて飛び、離れた道端に転がる。あわてて拾いに行きながら、途中、柊は少女には聞かれない程度に、小さくため息をついた。繰り返すが、今日は平日だった。ということは、柊が通う米沢《よねざわ》市内の高校も、平常通り。今の時間は一時限目、クラスメイトたちは数学の授業の真っ最中といったところだろうか。なのに、自分はこんなところにいて、慣れないヒッチハイクなんてことをやっている。しかもだ。

「あ」

不意の声は背後からだった。

振り返ってみると、少女の前で一台の車が停まっていた。大きめのワゴン車。運転席には若い女性が、助手席には同じ年頃の男性が座っている。物好きな人が停車してくれたらしい。サイドウインドウが開き、助手席の男性が少女に声をかけてきた。

「もしかして、ヒッチハイクしてる？」

「してます！」

元気よく少女が答える。その横顔だけを見れば、彼女はごく普通の女の子だった。

白い陶磁器のような肌に、意志の強そうな瞳《ひとみ》。ふわっとした猫っ毛を頭の横で結んでいる。柊と並んで歩けば、彼氏彼女と誤解されるかはともかく、同じ高校生、もしくは中学生と思われるのは間違いないだろう。現に、車の男女もそう思っている様子だった。けれど、柊の目にはそれがはっきりと見えている。

ワゴン車のすぐ横に立つ少女の額から、にゅっと伸びた――角《つの》。

(どうして、こうなっちゃったんだろうなあ……)

サンダルを履き直し、少しずれた自分の眼鏡の位置を指で戻しながら、柊はもう一度ため息をついた。

そうだ。

思い返してみれば、そんな遠い日のことではない。

遠いどころか、始まりは昨日。

季節はもう夏だというのに、その日はなぜか、朝に雪が降って――。

一　夏に降る雪

I

——そして、放課後になると、朝に降った雪のことを話題にする生徒は、柊のクラスにもほとんどいなくなっていた。

いくら雪深い東北、山形とはいえ、この季節、一日の最低気温が20℃を下回ることはほぼない。

明らかにおかしな話なのだが、とはいえ、そんなものなのかもしれなかった。朝に雪がぱらついた、けれど、積もったわけでもなく、その後も何も起こらない。とすれば、ごく常識的な人間の反応としては「いつまでも気にしていられるか」となっても不思議はないのだろう。異常気象という、危機感をあおるようで、その実、大抵の人が聞き慣れてしまった便利な言葉もある。

「あれ、本当は雪じゃなくて雹《ひょう》だったんじゃね？」

朝のホームルーム前は騒いでいたクラスメイトが、午後になるとそう言っているのを聞いて、柊も「そうだったのかも」と思うようになっていた。第一、その日の放課後、柊は朝に降った季節外れの雪のことなどに構っていられるような状況ではなかった。というのも、クラスは違うが、学校で同じ委員会に所属している女子生徒から、とんでもない頼みごとをされたからである。

「無理だよ！　絶対ばれるって」

「お願い！　八ッ瀬くんしか頼める人がいないの。ね!?」

そう言われると、柊は断れなくなってしまう。

困っている相手は放っておけない、頼まれると嫌とは言えない。加えて、他人の顔色をうかがってしまう性格。断ると、相手にがっかりされるかもしれない。露骨に不快そうな顔をされるかもしれない。それが嫌だ。怖い――。

大慌てで柊は家に帰り、着慣れない甚平を押入れから引っ張り出して、学校の制服から着替えた。

「え？　お祭りに行く？　誰と？」

「誰って、まあ、学校の……知り合いと」

「彼女!?」

「お兄ちゃん、彼女いるの!?」

「いや、その……」

母のみくりや妹の楓《かえで》から追及された時、あいまいな返事しかできなかったのは、もちろん理由がある。

「今日のお祭りで、私、中学の時の友達と会うんだけどさ。そこで、彼氏を紹介することになってんの。いや、いないよ、彼氏。でも、前に勢いでつい、いるって言っちゃって……だから、八ツ瀬くんに代わりの彼氏役を頼みたいの！」

それが彼女、町沢愛《まちざわあい》の頼みだったのである。

※

夕暮れ時の空に星の光は見えなかった。

雲が出ているせいもあるが、あるいは晴れていても星の輝きは弱いままだったかもしれない。

いつもはこの時間になると人通りも途絶え、夜闇に包まれる参道。だが、今日ばかりは道の脇にずらりと、屋台の煌々《こうこう》とした明かりが並んでいた。まるで暗い海を照らす集魚灯のようだ。その光に魚ならぬ多くの人が集まり、活気に満ちた祭りの喧噪《けんそう》を楽しんでいる。

待ち合わせ場所に柊が向かうと、町沢愛は先に着いて柊のことを待っていた。

こちらは家に帰らず、学校で浴衣《ゆかた》に着替えて神社へ直行したらしい。紺地の浴衣には鮮やかな朝顔の模様が浮かんでいて、意外と言っては失礼だろうが、よく似合っていた。学校での制服姿の愛しか知らなかった柊は、少しドキリとさせられたものである。別に柊は愛と特別親しかったわけでも、意識していたわけでもない。これは思春期男子の性《さが》というやつだ。

一方、愛の方はそんな柊の心の機微にはまったく気づかなかったらしく、やってきた柊の身なりを上から下まで、牛の品評会にのぞむ審査員のような目で眺めた。「彼氏役」としてふさわしいかどうかのチェックだったらしい。ひとまず合格と判断したのか、愛は小さくうなずき、すぐさま事務的な話に入った。

「準備はいい？　八ツ瀬くん。基本的に設定通りで。あとはアドリブで合わせてくればいいから。――よし、行くよ！　もっと笑って！」

半ば強引に手を引っ張られ、柊が連れていかれたのは、境内の片隅にある末社の前だった。

ここにも明かりはある。が、参道に続く道からはそれているので、人は多くない。

その場所で、愛と同じ浴衣姿の女子が三人、柊たちのことを待っていた。

「あ、来た。あーいーっ」

「久し振りー」

「やほー」

手を振って愛の名前を呼んだのが、愛の中学時代の友人で早坂栞《はやさかしおり》。隣に並ぶのが、井上芽依《いのうえめい》、尾形葵《おがたあおい》というのだそうだ。

「ごめん。待たせた？」

「ううん。全然」

「えー。てことは……」

三人とも久し振りに会った愛のことなどそっちのけだった。興味しんしんといった様子で愛の横に立つ柊に注目している。

柊は顔が引きつりそうになるのを必死にこらえ、笑ってみせた。が、お世辞にも自然な笑顔とは言い難い。

「はい、こっちが彼氏の八ッ瀬くん。ちゃんと連れてきたでしょ」

「はじめまして、八ッ瀬柊です」

挨拶《あいさつ》の言葉や態度も、新入生の自己紹介ではあるまいし、少し堅すぎただろうか。しかし、それでも名乗られた三人の方は「きゃー」と黄色い歓声をあげた。

「良かったじゃん、愛」

「まさか、愛が本当に彼氏を連れてくるなんてねえ」

「嘘ついてて引っ込みがつかなくなったんじゃないかって、心配してたんだから」

柊の手を握ったままだった愛の手が、ぴくりと震えたようだった。

「同じ一年なんだよね？　クラスも同じ？」

「んーん、クラスは別」

「どっちが先に声かけたの？」

「えーっと……」

「えっ、まさか愛から？　すごくない？」

どうにも落ち着かない。

愛と三人の会話を聞きながら、柊は自分の笑顔がますます強張《こわば》っていくのを感じた。

そもそも彼氏役も何も、柊は誰かの彼氏になった経験など一度もなかった。女の子から好意を寄せられた記憶も全くない。だから、アドリブと言われても、こんな時どう振る舞えばいいか見当がつかない。大体、これは一昔前のスラングで言うところの「リア充」とやらの空間だ。柊からしてみたら、未知の別世界。すぐそばで交わされる愛と友人たちの会話が、上滑りに上滑りを重ねて、頭の中を素通りしていく。

「じゃ、じゃあ、一緒に見て回ろっか、八ツ瀬くん」

「あ、うん……」

にぎやかな参道を、やはりぎこちなく愛と手をつなぎ、五人で歩き始める。

「何か食べる？」

「あー、えっと……」

気づけば、会話が途切れることが多くなっていた。

柊と愛ばかりではない。愛と友人たちの間でもだ。

じんわりと自分の手のひらににじんでくる汗の感触が、何とも嫌で。

その時点で先の展開は決まったようなものだった。


「……ばれてたよね。やっぱ無理だったか。いきなり彼氏のフリとか」

「ごめん……」

「いいよいいよ。変なこと頼んだこっちも悪かったし。ていうか、八ッ瀬くんって、女子と付き合ったことない？」

「…………」

「そっか。彼女できたら、大事にしてあげてね。今日はありがと」

「うん……」

意外にも、愛はさばさばした様子で柊と別れ、帰っていった。

元々こうなることも覚悟していたのかもしれない。実際、柊も今になって気づいたが、今日の自分は単なる彼氏役ではなく、彼氏役のさらに代役だったのだろう。大体、お祭り当日になって、愛がいきなり彼氏役の男子を探したとは思えない。それ以前に頼んでいた相手がちゃんと他にいて、その相手が当日になって都合がつかなくなったから、あわてて柊に白羽の矢を立てた――真相はそんなところだったのではないだろうか。だとすれば、愛の方も失敗はある程度、織り込み済みだったというわけだ。ことさら失敗を望んでいたわけではないとしても。

「はあ……」

浴衣を着た愛の後ろ姿が角を曲がって見えなくなると、柊はため息をついた。

愛に落ちこんだ様子がなかったのは良かったが、だからといって、自分がうまくやれなかったことには変わりなかった。というより、八ツ瀬柊という少年はいつもこうだった。学校で知り合いに頼みごと（という名の厄介ごと）を持ちこまれることは結構ある。たとえば、面倒な掃除当番や班活動を代わってほしいとか。しかし、それは単に柊が厄介ごとを押しつけられやすいタイプであるというだけの話で、決して頼りがいがあるわけではない。当の柊もそのことは自覚している。

見上げると、雲が出ているのか、神社の上に広がる夜空は黒々としていた。

（……帰ろ）

落ちこんだ気分を抱え、一人、祭りの喧噪《けんそう》を離れて家路につく。

だが、その途中、ささやかな事件が起こったのだ。

※

りかかった時のことだった。

そんな騒ぎが柊の耳に飛びこんできたのは、神社から少し離れたバス停のそばを通りかかった時のことだった。

「待って待って！　すぐ見つかるから」

「そろそろ出発したいんですが……」

バス停にはちょうどバスが停まっていた。前乗りのバスは前方のドアが開いている。乗降口のステップに一人の乗客が立っていて、運転手と何やら話をしているようだ。

柊の家はここから近いから、バスに乗る予定はない。

だから、最初は大して気にも留めず、通りすぎようとしたのだが、

「他のお客さまも待ってますので……」

「あっれ～？」

困りきった運転手の声と、それをまるっきり無視した乗客の甲高い声。

女の子だ。

歳は柊と同じか、あるいは少し下くらいか。乗降口のステップにしゃがみこみ、ご

そごそと自分のリュックを漁《あさ》っている。

と思ったら、いきなり女の子は上着を脱ぎ始めた。それで柊にも事情が分かった。バスに乗ろうとしたら、支払う小銭やカードを持ち合わせていないことに気づいたのだろう。柊も通学に使っている電車で似たような失敗をした経験がある。

一瞬、バス停の横で足が止まりそうになり、柊はすぐに「いやいや」と思い直した。

こういう時、困っている他人を無理に助けようとしたところで、自分の場合、大抵うまくいかないのだ。今日もそうだったではないか。――うん。まあ、しかし、何というか、それでも。

「…………」

騒ぎになっているバス停の前を通りすぎる。

だが、バス停を離れ、ほんの数メートル進んだところで、結局、柊は立ち止まってしまった。くるりと振り返り、来た道を戻る。

「おっかしいなあ。うーん」

「お客さん、もう勘弁して……」

「あの」

うんざり顔の運転手に向かって、柊はバスの外から声をかけた。

「バス代なら、僕が出します。良かったら――」

自分のリュックを前に唸《うな》っていた女の子が驚いたように振り返り、運転手はぱちぱちと目をしばたたかせて柊を見た。

「この子のお連れさん？」

「はい。……連れです」

今度は女の子がムッとした顔になった。

「だれ？」

「助かるよ」

運転手の方はほっとしたように言う。

女の子の横から柊も乗降口のステップに足をかけ、財布を引っ張り出した。このバスは米沢駅行きだ。今日は柊もバスカードの類《たぐい》を持ち歩いていないので、現金で払うしかない。財布から小銭を取り出そうとしたが、そこでまた女の子が声をあげた。

「いいよ！　もう歩いてくから」

言いながら、女の子はステップに置いていた自分のリュックを抱え上げた。だが、大して広くもない乗降口でそれはまずかった。リュックのベルトの端はステップに投げ出されていて、バスの車内に入った柊の右足がベルトを踏んづけていたのである。

「わっ」

足をすくわれて柊はバランスを崩した。ふらついた頭の先にあったのは、横にいた

女の子の額。あわてて避《よ》けようとしたし、実際、避けられないタイミングではなかったはずなのだが、

「っ！」

柊の前頭部に何か、鋭く、硬いものがぶつかった。

「つううう……」

痛みに呻《うめ》き、そのまま弾みでバスの外に出てしまう。

一方、女の子の方はというと、こちらは痛がりもせず、

「もう大丈夫です」

運転手にそんな言葉を投げ、ひょいとバスの乗降口から飛び降りた。

「そう？　悪いね。出発しまーす」

これ以上、面倒事はごめんだとばかりに、そそくさとドアを閉じたバスが、大きなエンジン音を立てて走り去る。

「たたた……」

痛む頭をさすりながら柊は女の子の方に目を向けた。その子もまた、理解できないといった表情を浮かべ、柊を見ていた。

「なんで助けようとしたの？」

「え？」

なんで、と言われても、

「……困ってそうだった、から？」

語尾が疑問形になってしまっては、説得力のかけらもないだろう。

案の定、バス停の明かりの下で、女の子は口を尖《とが》らせ、

「全然困ってないしー」

「あ……そっか」

今度は痛みのせいではなく、自嘲《じちょう》から柊は自分の頭をさすった。

「僕が助けたかっただけだ……」

そんな言葉を口にしつつも、内心では「それも少し違うかもな」と思っている。

結局のところ、代替行為だったのではないか。

そんなふうに感じたからだ。

ついさっき、彼氏役になってほしいという町沢愛の頼みに、柊はまったく応《こた》えられなかった。落ちこんだまま、とぼとぼ家に帰ろうとしている自分が嫌で。

そこに、困っている……いや、違う。

自分でも安易に助けられそうな、この子がいて。

だから、助けられれば、この沈んだ気分も少しは晴れるのではないか、と。

要するに、自己都合の親切の押し売り。

「………」

女の子が正面からじっと柊のことを見つめている。

その視線を感じながら、

(でも、言えないよなあ、そんなこと)

柊が口には出さず、内心でそんな言葉をつぶやいた瞬間だった。

「っ!?」

なぜか、こっちを見ていた女の子が驚いたように目を見張った。

その意味はもちろん柊には分からなかったが、といって、わざわざ問い質《ただ》すようなことでもない。

「そうだ。もう、うちに帰らないと」

ごまかすように言い、女の子に向かって手を振る。

「それじゃ、気をつけて帰ってね」

おそらく、それで何ごともなければ、この場のことも、柊にとって日々の何でもない一コマとして終わっていたのだろう。

だが、そうはならなかった。

「あーっ」

バス停を離れ、柊が夜道を再び歩き出した時、背後から妙にわざとらしい声があがった。

「忘れてたー。私、困ってるんだったー」

両手で頭を抱えた女の子が、そんなことを口にしている。はっきり言ってしまえば、口調は完全な棒読み。それでいて、不思議と嫌みには感じない。「困った、困った」と言いつつ、眼差《まなざ》しは期待するように柊の方をチラチラうかがっている。

よくよく見れば、この辺りでは一度も見かけたことのない顔だった。

よそから祭りの見物にやってきた子だろうか。

立ち止まって振り返った柊は、ぽりぽりと指で頬をかいてみせた。

2

「えーと、名前は？」

「ツムギ。あなたは？」

「柊。ここが、うちだよ」

「おっきい家！　すみませんねー、お招きいただいて」

「え？　君が来たいって言ったから……」

「そだっけ？」

玄関のドアを開け、家に彼女を招き入れると、ちょっとした騒動になった。

当然だろう。

夕方、お祭りに行くと言って家を出ていった内気な息子（兄）が、女の子同伴で家に帰ってくる。

これで誤解しない家庭の方が珍しい。案の定、迎えに出てきた母のみくりや、小学生の妹の楓は「彼女？　彼女？」と大騒ぎ。はては、仕事から帰ってきた父親の幹雄《みきお》までが「ああ、君が柊と付き合ってくれてる……」などと言い出す始末。当の彼女、ツムギがはっきり「違います」と否定していなかったら、その夜、柊はずっと家族のおもちゃにされていたに違いない。

時刻はもう、夕食というには少し遅い時間だった。ただ、八ッ瀬家は全体的に宵っ張りなので、このくらいがいつもの夕飯の時間である。

「じゃ、ツムギさんはずっとその人を捜して旅をしてるの？」

一階のダイニングで、妹の楓が目を輝かせてツムギの話に聞き入っていた。

その話は、柊もバス停でツムギから聞かされていたことだった。

――いわく。

自分には捜している人がいて、そのために旅をしている。

今日、あの神社の祭りに行ったのも捜索が目的だったのだが、肝心の相手は見つからなかった。けれど、絶対に近くにいると思う。ただ、自分にはこの辺りの土地勘が全くない。だから、手がかりになるような情報がどうしても欲しい──。

もちろん、話を聞いた柊の最初の感想は、

（……本当に？）

だった。

人捜しの旅？　自分とほとんど歳も変わらないような子が？　夏休みでもないこの時期に？　学校は？　大体、なんで神社？

要するにあまり信じていなかったわけだが、かといって、あからさまに疑うのも悪いような気がして、

「情報って言われても……うちはこの近くだから、家に帰って、母さんたちに聞けば、何か知ってるかもしれないけど──」

「ほんとに⁉」

「あ、いや、かもって話で」

「ありがとう！」

「…………」

こうなってしまうともう、八ツ瀬柊という少年は、性格的に断れなくなってしまう。

結局、請われるまま、こうして家へ連れてきてしまったという次第である。

「うん。借りを返さないと」

楓にたずねられたツムギがそう答え、なぜか、着ていた自分のパーカーの胸に手をあててみせた。

今日初めてこの家にやってきたというのに、ダイニングの椅子に座ったその姿は、やけに馴染《なじ》んでいた。元々、人見知りをしない性格なのかもしれない。しかも、それが周囲にごく自然と受け入れられるタイプ。何しろ、柊の彼女であることを真っ向から否定したというのに、こうして八ツ瀬家の夕飯の席には当然のように招待されているのだから。人付き合いが苦手な柊からしたら、うらやましい特技だ。

「借り？」

不思議そうに楓が問い返した時、母のみくりの明るい声が割って入った。

「はい、コロッケあげたてだよー」

テーブルに並べられたのは、熱々のコロッケが大量に載せられた大皿。柊の目算では、数がいつもの三割増しである。

「まだあるから、いっぱい食べてね」

「おお」

ツムギが今度は瞳《ひとみ》をきらきらさせていた。

そして、丁寧に手を合わせ、

「いただきます！」

普段とは違う晩餐《ばんさん》の始まりだった。

※

いつの間にか、外が雨になっていた。

ひっきりなしに屋根や窓ガラスを叩《たた》く雨音が、家の中にも響いている。この時間だと、神社の祭りはまだ続いているはず。しかし、今ごろ、客は三々五々に解散しているのではないだろうか。

「んー……」

にぎやかな夕飯の後、柊は外の湿った雨音を聞きながら、二階にある自分の部屋で机に向かっていた。

机の上で開いているのはノートと教科書だった。

学校の宿題を片付けている最中なのである。そして、柊が連れてきたツムギはというと、今お風呂《ふろ》に入っている。

いや、もちろん柊自身も分かっている。

どう考えても、これはおかしな状況だと。

だが、夕飯を食べ終わるころ、母のみくりがツムギに向かって、いきなりこんなことを言い出したのだ。

「雨が強くなってきたし、今日は泊まっていかない？」

どうやら、みくりは柊と同じで、ツムギの人捜しの旅の話を、話半分程度に聞いている様子だった。ただ、何か事情がありそうな子だとは思ったらしい。あるいは、家出少女の可能性も少し考えているのかもしれない。こういう場合、問答無用で通報して警察に任せるというのも、極端ではあるが、一つの選択肢。残る選択肢は、家出少女を説得して家に帰す。それが無理なら、ひとまず保護して、それとなく事情を聞き出し、やはり家にちゃんと帰るよう諭す——大体、その辺りがまっとうな大人の対応というものだろう。

みくりは最も穏便な「ひとまず保護」を選んだようだった。

ツムギはというと、大喜びでみくりの提案に従った。そして、今は勧められるままに八ツ瀬家の風呂に入り、手持ち無沙汰《ぶさた》になった柊は、他にすることも思いつかなかったので、自室で学校の宿題に取りかかっている。とはいえ、こんな状況で集中できるはずもない。外の雨音が妙に耳の奥をくすぐって、わずらわしい。

結局、しばらく粘ったあげく、あきらめて柊は教科書を閉じた。マグカップを手に部屋を出る。

階段を下りて一階に顔を出してみると、ツムギはもう風呂から上がっていた。

一階リビングの隣には、両親が使う和室がある。その和室に置かれた鏡台の前に座り、ツムギはみくりの手で髪をとかされている最中だった。

「ふふ、猫っ毛が可愛いわねー」

「そ、そうですか？　へへ……」

「私も小さい頃は柊みたいにクセっ毛でね。こうして、母に髪をとかしてもらってたの」

「今は全然クセっ毛じゃないんですね」

「そうなの。高校に上がる頃に――」

会話が弾んでいる。

髪にくしを当てられているツムギも嬉《うれ》しそうな笑顔だ。それは別にいいのだが、やはり妙な状況ではあるわけで、柊は落ち着かなかった。見慣れた家の中に、今日初めて会ったばかりの女の子が当たり前のようにいる。こうして、風呂上がり、結んでいた髪をほどいた姿を改めて見てみると……いや、その、結構可愛いと言えなくもないと思うのだが、彼女がこの家の中で異質な存在であることには変わりない。

キッチンへ向かい、持っていたマグカップをシンクの上に置く。

と、そこで、柊の背後で、ガラガラという音がした。キッチンではない。キッチンと一続きになったリビングの戸が開いた音だ。タバコの箱とライターを手に、父の幹雄が外から家の中へ入ってくる。雨の中、軒下でホタル族をやっていたらしい。振り返った柊の顔を見ると、幹雄は「おっ」とつぶやき、精悍《せいかん》なその顔に太い笑みを浮かべてみせた。正直に言うと、柊はこの父のことが少し苦手だった。世間で言うところの反抗期と呼べるほど、あからさまに対立してはいない。が、性格的に合わない。どちらかといえば気弱な柊に対して、押しの強いタイプの父親だからである。

この時も、柊を見た幹雄はちょうど良かったとばかりに、張りのある声で話しかけてきた。

「柊。この間の話だけどな、父さんが家庭教師を見つけておいたから。もう塾の方は行かなくていいぞ」

「え？」

一瞬、柊はぽかんとした。

唐突な話の切り出しに頭の理解が追いつかなかったせいだ。が、すぐに我に返る。あわてて言い返した。

「なんでっ……？」

「なんでって、個人指導の方が良いに決まってるからだろ」

「でも、夏期講習、もう申し込んじゃったし」

「キャンセルすればいいだろ」

「でも、みんなと同じがいいのか？」

「そんなにみんなと……」

幹雄が今度はあきれ顔になって、持っていたタバコの箱とライターをポケットに突っ込んだ。

リビングのソファにどっかりと腰を下ろした幹雄に向かって、柊はなおも反論しようとしたが、幹雄の方が先に口を開いた。

「お前が塾に行きたいのは、周りと同じで安心できるからじゃないのか？」

「そんなこと……」

「いいから、父さんの言うとおりにしておけば間違いないんだ。分かったな」

これだ。

普段の幹雄は大らかな性格で、特に横暴な父親というわけでもない。が、柊に関しては何かと干渉してくる。学校のことでも、勉強のことでも、生活態度のことでも。妹の楓に対して甘いのとは対照的で、それはある意味において、幹雄なりの柊への期待と愛情の裏返しなのかもしれない。実際、幹雄は自分の言う通りにすれば、それが必ず柊のためになると思いこんでいるふうなのだ。

だが、それこそが柊にとって、父が苦手な理由だった。大体、ずるいではないか。

お前のためを思って——そういう気持ちを他でもない自分の親から前面に押し出されたら、闇雲に反発できる子はともかく、そうでない子は言葉を内に仕舞って我慢する以外のことができなくなってしまう。

「…………」

唇を噛《か》んで、柊はくるりときびすを返した。

キッチンを出て、そのまま二階へ向かう。

和室の前を通り過ぎる時、母のみくりが少し心配そうに、ツムギが静かな眼差《まなざ》しでこちらを見ている気配を感じた。が、振り向かず、階段を上がる。

「お兄ちゃん？」

階段の途中ですれ違った楓にも何も言わず、柊は自分の部屋へ戻った。

閉じこもった。

そう言っても良かったかもしれない。

3

八ツ瀬楓にとって、兄のああいう姿は、特段珍しいことではなかった。

というより日常茶飯事である。

（また、お父さんに何か言われたのかな？）

そう思ったが、大して気にしなかった。まだ小学五年生の楓は、父と兄の気持ちのすれ違いを知ってはいても、深刻にはとらえていない。第一、兄があいう顔をしていても、次の日になれば大抵、家の中は元通りなのだ。父の言いつけに兄が逆らう姿を楓は見たことがないし、二人が派手な喧嘩《けんか》をしたこともない。

（お兄ちゃんも嫌なら嫌って言えばいいのに）

甘やかされているが、そのことには気づいていない末っ子の気楽さで、そう思う程度である。

そんなことより、今晩は楓にとって、普段とは少し違う楽しい夜だった。

なにしろ、お客さんがお泊りすることになったのである。しかも、このお客さんは父や母と同年代ではなく、楓とも歳が近かった。これが兄の柊だったら、見知らぬ相手にどう接したらいいか分からず、右往左往するところだっただろうが、楓は根本の部分で兄と真逆の性格だった。つまり、人見知りとは無縁。むしろ、今日泊まる客と同じタイプだ。

「はい！　ツムギさんの番～」

「むむむ……」

二人が今、和室で遊んでいるのは、積み上げたタワーの中から一本一本、直方体のブロックを抜いていき、タワーを崩さないようにするパーティゲームだった。

何本もブロックを抜かれたタワーはもう、今にも倒れそうにゆらゆら揺れている。

真剣な目でそれをにらんでいた今日の客――つまりツムギが、一本のブロックをそろりと抜き取ろうとすると、

「あっ……」

大きく揺れたタワーは、こらえきれなくなったように傾き、そのままあっという間にガラガラ崩れてしまった。

「わあああっ」

「あはは」

声を立てて楓は笑う。

「ツムギさん、三連敗だね」

「くぅっ……もう一回！　もう一回、お願いしますっ」

「いいよー」

そうやって二人が楽しく遊んでいた時のことだ。

「…………」

積み直したタワーの前で、不意にツムギが和室の天井を振り仰いだ。

いつの間にか、その顔から笑みが消えていた。瞳《ひとみ》には真剣な表情が浮かんでいる。

そうして、ツムギはすっと立ち上がった。

「どうしたの？」

「ちょっと……トイレ！」

「えっ？　でも」

楓が呼び止めたのも当然である。

というのも、立ち上がったツムギは和室を飛び出し、そのまま二階に続く階段の方へ向かったからだ。

「一階にも――」

しかし、言いかける楓の言葉を置き去りにして、ツムギは風の勢いで階段を駆け上がっていった。

※

八ツ瀬幹雄が火をつけたタバコは、今晩これで四本目だった。

この家は幹雄と妻のみくりが相談した結果、屋内禁煙のルールが敷かれている。家にいる時、幹雄がタバコを吸えるのは、リビングのすぐ外、自宅の裏庭に面したここだけだ。家の構造上、ここなら隣家にも煙が流れていくことはほぼない。

「……………」

火のついたタバコを手に、幹雄は眉《まゆ》をひそめていた。

頭の中で思い返しているのは、つい先刻、息子の柊とかわした会話だった。いくらなんでも少し一方的すぎたか——そんなことを胸の内でつぶやく。

ただ、幹雄は自分が間違っていたとは全く考えなかった。

(結局は……)

と、手の中にある吸いかけのタバコを見て思う。

(これと同じだ)

家の中で幹雄はタバコを吸わない。それは自分や妻のためというより、子どもたちのためなのである。さっきの話も突き詰めれば、それと同じ。少々強引だったとしても、それが息子、柊のため。あいつはどうも気が小さいし、周りのことばかり気にして決断力を欠く悪癖がある。将来のためにも、父親である自分がしっかり道を示してやらないと……。

そんなことを幹雄が考えていた時、

「ん？」

唐突に、ひやりとしたものを頰に感じて、幹雄はまばたきした。

最初は降り続いている雨が軒先から吹きこんできたのかと思った。だが、それは夏の雨が持つ冷たさではなかった。

頭上を振り仰いでみる。

暗い夜空から、白い綿のようなものが降りてくる。幾粒も幾粒も、ふわりふわりと音もなく。

「雪……？」

粒の一つが幹雄の持っていたタバコの先に触れ、ジジッとかすかな音を立てた。

※

部屋の床がほんの少し揺れている。

別に地震というわけではない。自分の貧乏ゆすりのせいだ。

二階の自室へ戻った柊は、あらためてノートや教科書を開いて宿題に取りかかった。が、当然、集中などできるはずがなかった。並んだ問題文の文章がまったく頭に入ってこない。

イライラと無理やりノートに文字を書き連ねながら、口をついて出てきた言葉はというと、

「僕だって……」

ビリッという紙が破れる音がした。

間違った箇所を訂正しようと乱暴に消しゴムをかけたら、ノートが破れてしまったのである。それで完全に集中力も、そして、やる気も尽きてしまった。

「はあああああ……」

消しゴムを放り出して、椅子の背もたれに寄りかかる。

そうして、柊はまぶたを閉じた。

――別にそのせいというわけでもなかったが。

苦い思いで苛立《いらだ》ちだけを募らせる柊には、まったく見えていなかった。

背もたれに預けた自分の背中。

そこからにゅっと、白く輝く人魂《ひとだま》のような何かが出てきたことを。


部屋の異変に柊がやっと気づいたのは、その数分後のことだった。

もう宿題をやる気になれず、普段からかけている眼鏡を外して机に突っ伏していたら、それを感じたのだ。

「さむっ……」

部屋の空気がひどく冷えていた。

今日は元々そんなに暑くなかったから、エアコンをつけた記憶はない。だというのに、やけに涼しい。いや、涼しいというより、はっきり寒い。どう考えてもこの季節の夜の気温ではなかった。夏どころか、いきなり秋を飛び越えて冬になってしまったかのようだ。

体を起こして、窓を見る。

ほとんど同じ時刻、父の幹雄も見たものが、柊の瞳にもぼんやりと映った。

「雪……？」

薄明かりに照らされ、ぱらつく雪が窓の外で白く浮かびあがっている。

外していた眼鏡をかけ直し、柊は改めて外の様子を確認しようとした。が、その時、さらに異様なものが目に飛びこんできた。

「!?」

今度は窓の外ではなく、部屋の中だった。

学習机のライトだけが点《つ》いた部屋に、白く光る人魂のようなものがぽつぽつと浮かんでいる。

それだけでもおかしいというのに、その人魂を吸いこんでいる別の何かがそこにいるのだ。

いや、それは吸いこんでいるというより、間違いなく食っていた。

宙に浮かんだ白い人魂を食らう、もっと大きな青白い影。

形は、どことなく風を含んで極限まで膨らんだ反物のようでもある。だが、それはあくまで形だけの話。あんな気色の悪い反物が存在するはずがない。二股《ふたまた》に分かれた体は半ば透けていて、巨大なカエルの卵か、ゼリーのよう。重力に逆らい、うねうねと空中で波打っている。大体、普通の反物は竿《さお》もなしに空中に浮かんだりしない。そして何より、透けた体の先端部分にあるものが、あまりにも薄気味悪いのだ。

能の翁面《おきなめん》をさらに歪《ゆが》めて酷薄な笑いを張りつけたような、不気味な顔。

大きく開いた口の中に、あの人魂のような白い何かが次々と吸い込まれている。

「え……ええええっ！　な、何？」

思わず柊が声をあげると、気づいたのか、青白い影は捕食をやめて、ゆらりと顔をこちらに向けた。あまりのことに柊の頭には逃げるという考えさえ思い浮かばなかった。目の前の光景に現実感がなさすぎて、恐怖を感じる前に、呆然《ぼうぜん》としてしまったからだ。そこへ影が巨大魚のように体をくねらせ、近づく。あの不気味な顔を柊に寄せ、口をあんぐりと開ける。

「！　うああっ……！」

悲鳴が部屋に響き渡るより先に、柊の頭は影の口の中に飲みこまれた。

4

一足飛びに階段を駆け上がると、少女はその部屋の前に立った。

そして、閉ざされた部屋のドアノブに手をかけたところで、ハッと顔色を変えた。

「つめたっ！」

ドアノブはまるで氷のようだった。少女――すなわちツムギは一度手を離してから、改めてドアノブを押し下げようとする。が、うまくいかない。

「凍ってる……？　柊！」

見ると、ドアの隙間からは白い煙のようなものが噴き出していた。冷気だ。

ツムギは両手をドアノブにかけ、全体重を乗せた。それでやっと、凍っていたドアノブがガキンと音を立てて下がった。肩で体当たりをすると、勢いよくドアが開く。

途端に、全身を凍らせるような冷気が部屋の中から吹きつけてきた。一瞬、ツムギはまぶたを閉じ、そして、再び目を開いた時、それを見た。

「！」

部屋の中央に、羽化を待つミノムシのようなものが浮かんでいた。

だが、絶対にミノムシではない。宙に浮いた袋は半透明で、しかも、袋を作っているのは枯れ木でも枯れ葉でもない。ほのかに光る青白いゼリーのような何か。ツムギが部屋のドアを開けた途端、ゼリーはずるりと動き、先端にあった笑う能面じみた顔がツムギの方を向く。その動きと同時に、ゼリー状の長い体がほどけ、袋が開いた。中から何かが床にどさりと落ちる。

柊だった。

「なんなの……？　これ」

ツムギのつぶやきに呼応したかのように、相手が動いた。気味の悪い顔が一気に迫る。ハッとしてツムギは身を伏せた。たった今、自分の頭があった場所を矢のような勢いで青白い影が通りすぎた。そして、廊下の壁にぶつかりそうになったところで、影は身をくねらせる。方向を変え、影は再度ツムギに襲いかかろうとするが、その時にはもう、ツムギは柊の部屋の中へ飛びこんでいた。

「柊！」

「てて……」

駆け寄って呼びかけると、床の上に倒れた柊はうっすらまぶたを開いた。

「逃げるよ！」

「え……ツムギ？　うあ！」

明らかに状況が理解できていない柊の手を引っ張って、ツムギは無理やり立たせた。

「ついてきて！」

「えっ……」

なぜか柊はもたもたしている。その柊を乱暴に引きずって部屋の窓に近づくと、ツムギは勢いよく窓を開けた。

外は相変わらず雪が降っていた。

暗い夜空からふわふわふわ落ちてくる、綿菓子のような雪。この季節では絶対にありえない光景だ。しかし、今はそれに気を取られている場合ではない。

外のバルコニーに出たツムギは、手すりを乗り越え、

「わわっ！」

手をつないだ柊と一緒に、ためらいなく眼下の庭木めがけて飛び降りた。

※

はっきり言ってしまえば、柊からすれば、何が何だかさっぱりだった。

降りしきる雪の中、ツムギに手を引かれて家の外に飛び出す。さすがに裸足《はだし》ではない。庭に出しっぱなしになっていたサンダルを足に引っかけておいた。

門を出ると、街灯に照らされた夜道をひたすら走った。

後ろは振り返らなかった。そんな真似をすれば、横を行くツムギに怒鳴られそうな気さえしたからだ。それくらいツムギの様子は切迫していた。ひとけのない道を目的地も分からないまま駆けに駆ける。とうとう肺がパンクしそうになったところで、ようやくその場所にたどりついた。

そこは周囲をコンクリートの壁に囲まれた高架下だった。上に走るのは東北中央《とうほくちゅうおう》自動車道だ。こんな時間のせいもあってか、通りすぎていく車のエンジン音はそれほど多くない。

「はあっ、はあっ、はあっ……」

いつの間にか雪がやんでいた。

両膝《りょうひざ》に手をつき、荒く息をつく柊の近くで、ツムギもやっと立ち止まった。こちらはまったく息が乱れていない。自分たちがやってきた道の方角を険しい顔でうかがっている。

「ひとまず大丈夫かな」

「はあっ、はあっ……あ、あれは何なの？」

なんとか呼吸を整えて、柊がツムギにたずねると、

「私も分かんない。どうして柊が襲われたんだろ……」

分からないとは言っているが、何も知らないという返答には聞こえなかった。加え

て、だ。

「…………」

柊の目に今、それが初めて見えていた。

いや、正確には一緒に逃げ回っている時にはもう気づいていたのだが、走っている最中はそれを問い質《ただ》す余裕もなかった。

「ツムギは――」

一瞬、言い淀《よど》んでから、意を決して言葉を続ける。

「ツムギのその角は……何？」

そうなのである。

高架の下に立ち、周囲を監視しているツムギの額から、にゅっと伸びたもの。どう見ても角だった。数は一本。柊から見て、額の左側に生えている。ヘラジカのように長くもなければ、いびつな形でもない。それこそ、瘤《こぶ》が尖《とが》り、少し伸びた形にも見える角だ。しかし、瘤ではない。

たずねられたツムギは、ようやく柊の方に目をやった。

「見えるようになったんだ。この角は……私が鬼だから」

「お、鬼⁉」

反射的に柊の脳裏に、その単語からイメージされるものが駆け巡った。古くは、幼児の頃に読んでもらった「桃太郎」の絵本から、最近見たホラー映画のワンシーンまで。共通しているのは「現実には存在しないが、人間を食い殺しかねない恐ろしいもの」だ。

そして、そのイメージそのままに、目の前のツムギがにやりと口元を歪《ゆが》め、柊の顔を凶悪な眼差《まなざ》しでひと舐《な》めした。

「ここに来たのは、柊を食べるため」

「えっ……」

足が一歩、後ろに下がったのは、ほとんど無意識の動作だった。ところが、それを見た途端、ツムギの表情がくるりと変わり、今度はころころ笑いだした。

「なーんて。食べるなんて嘘。鬼はホントだけど。びびった？」

「び、びびってないよ！」

無論、大嘘である。一瞬、本当に怖かった。きっと今晩は常識をひっくり返すことが立て続けに起きたせいだろう。普段なら、鬼だの何だの、柊もまともに信じなかっただろうが、ついさっき得体の知れない能面の化け物に食われる経験をしたばかりだ。否定の言葉がつい強くなってしまったのは、それが強がりだったから――。

と、そこで、

「あ！」

柊の手の甲から、何か白いものがにゅるりと出てきた。

ほんのりと光る、人魂《ひとだま》のような何か。

「え……わ！　さっきの！」

よくよく見れば、それは人魂とは少し違っていた。柊の手から出てきた瞬間は全体が丸く、人魂に似ていたが、宙に浮かぶと徐々に形が変化していく。変形した姿はもう人魂とは呼べない。ところどころ、できそこないの足や手のようなものが突き出ていた。空中をふわふわ浮かんでいる点を除けば、むしろ、自在に形を変えるアメーバのようだ。

「それ、小鬼っていうの。そんなに濃いのは初めて見たけど」

ツムギが近づいてきて、その何かに顔を寄せた。

「小鬼？」

「自分の思ってることを隠しちゃう人間から出てくるの。柊みたいにね」

これには柊も言葉に詰まった。完全に図星だった。改めて、空中に浮かんでいるアメーバ、いや、ツムギがいうところの小鬼に目をやる。

「あれも鬼なの？」

「鬼だね」

あっさり答えてから、ツムギがちょっと意地の悪い目になって、柊の顔を横から覗《のぞ》きこんだ。

「強がってるの、ばればれだね」

「！　強がってないって！」

また強く否定すると、さっきと同じように柊の体から新しい小鬼が出てきた。今度は肩や腕から、にゅるにゅると。

「あ、こら。待て！」

「あはははは っ」

薄暗い高架下に、ツムギの楽しそうな笑い声が反響した。


してみると、だ。

最初にバス停で会った時、ツムギが柊を見て、なぜか少し驚いたような顔をしていたのも、このせいだったのだろうか。

ツムギに「なんで助けたの？」とたずねられたあの時。

柊の答えは決して本心からのものではなかった。

（あの時も出てたのかなあ……）

ふわふわと自分の周りを飛んでいる小鬼を見て、柊はそんなことを思う。

ツムギの方は再び、周囲に警戒の眼差しを向けていた。

柊はおそるおそるその背中に向かって問いかけた。

「ツムギは……どこから来たの？」

自分を鬼だと名乗る女の子。

最初に人捜しの話を聞いた時、柊はツムギの言葉を信じなかった。が、さすがに今は違う。そもそも、ツムギの額に生えた角だけは、どうあっても消えない。あれを目の錯覚だと言い張ることはできない。

「隠《なばり》の郷《さと》」

振り返ったツムギが一言で柊の問いに答えた。

「山向こうに、鬼が暮らす町があるの。そこから母親を捜しにね。私がまだ小さい頃に逃げちゃったみたいで」

鬼の世界から人間の町へ、という意味なのだろうか。

「それから、お父さんと二人で……結構、大変だったんだ。無責任だって思わない？一発、ぶん殴ってやろうと思ってさ」

言いながら、ツムギはまるでボクサーのように両の拳《こぶし》を構え、シュッ、シュッと宙にパンチを繰り出した。その仕草が妙に今の異常な状況とはかけ離れていて、柊もついさっき感じたツムギへの恐怖を忘れて、頬をゆるめた。

「一発じゃなさそうだね」

ツムギも笑って構えを解いた。

「んで、こっちの神社にいるかもって——」

ただ、そこでツムギは「あれっ？」と声を高くした。その目が自分の胸元を見ている。そして、胸に手をあて、

「ない！」

と、ツムギは叫んだ。

「あれ、なくすはずないのに……あれがなかったら！」

焦った様子でツムギはポケットを探り、続けて背中にも手を回している。

その姿を見て、柊は「あ」と思い当った。

「ひょっとして、これのこと？」

自分のズボンのポケットから、柊はそれを取り出した。小さなお守りだった。柊のものではない。あの能面じみた怪物に襲われて、部屋を飛び出す直前のことだ。ツムギ本人は気付かなかったようだが、あの時、ツムギが首から下げていたこのお守りの吊《つ》り紐《ひも》が切れて、部屋の床に転がった。とっさに柊が拾っておいたのである。逃げる時に柊が少しもたついたのはそのせい。

「あ、それ！」

ツムギが大慌てで柊が差し出したお守りに飛びついた。

「良かったあ」

「ごめん。すぐ渡せばよかった。部屋で拾ってて……日枝《ひえ》神社だよね。だいぶ遠いよ」

ここまで聞いた話からして、そのお守りがツムギの捜しているという母親の手がかりなのだろう。

ただ、今晩、祭りが行われていた神社は、ツムギの持つお守りが売られている神社ではない。県内に日枝神社の名を持つ神社はいくつかあるが、一番近い山形市の日枝神社でも、柊が住んでいる町からは結構な距離がある。

「えっ？　どこにあるか、知ってるの？」

「あ、うん」

柊がうなずくと、ツムギは考えこむように首をひねった。

受け取ったお守りを自分の胸に抱き、ちらちらと柊の顔に視線を向ける。

そうしてから、急にツムギは決然としたものを眉宇《びう》に浮かべ、

「柊、手伝って。日枝神社まで案内してほしいの」

「え」

柊は目を丸くした。

「無理だよ。明日《あした》も学校あるし。家にも……」

「私、こっちのことよく知らないの。お願い！　柊に一緒に来てほしいの！」

「………」

それはいつもの光景の焼き直しだった。

頼まれると断れない性格。

とはいえ、この場合はさすがに、柊もすぐには「うん」と言えなかった。というより、普段の柊であれば、間違いなくツムギの頼みを拒んでいたことだろう。八ッ瀬柊という少年は確かに頼みごとに首を振るのが苦手だ。が、一方で他人の輪から外れること、多数の中で突出することも苦手なタイプなのである。学校の無断欠席など、その典型。集団のルールを破ったあげく目立つなど、とんでもない。

ただ、その時、なぜか柊の頭に父の姿が浮かんだ。

――自分の家のリビングの外。

火をつけたタバコを吸っている幹雄の大きな背中。

そして、幹雄の言葉が脳裏をよぎる。

そんなにみんなと同じがいいのか――？

「………」

柊がなおも無言でいると、目の前で真剣な表情を浮かべていたツムギがかすかにうつむいた。

「そっか……」

と、落胆したようにつぶやき、

「そうだよね。ごめん、無理言って」

放っておけば、ツムギは「それじゃ、ここでお別れだね」とでも言葉を続けて、柊の前から立ち去っていたのかもしれない。

だが、そうなる前に柊は唇を開いていた。

「分かった」

「え」

「手伝うよ」

ツムギがぱっと顔を輝かせた。

「やった！」

花が咲いたような笑顔だった。

二　追って追われて

I

置時計の短針が六の数字を越えて七の数字を指そうとしていた。

夜が長い季節ではない。外はすっかり明るくなっている。

窓から差しこむ鋭い朝日に照らされたリビングで、幹雄はソファの背もたれに身を沈めていた。目が少し赤い。短い仮眠こそ取ったが、ほとんど寝ていないせいだ。この家に屋内禁煙のルールがなかったら、タバコの吸い殻で一杯になった灰皿がテーブルに置かれていたことだろう。

「……朝になっちゃったわね」

そう言ったのは、幹雄と同じようにソファに座っていた妻のみくりだった。こちらもほとんど寝ていないせいか、目が充血している。

「そうだな」

明るいリビングの窓を見てから、幹雄は立ち上がった。テーブルの上に置いていた財布と車のキーを手に取る。

「あいつが行きそうなところを捜してくるか。お前はうちで待っててくれ」

「うん」

ゆうべのことだ。

二階が妙に騒がしくなったと思ったら、息子の柊の姿が消えた。どうやら、あのツムギと名乗る少女と一緒に家を出ていってしまったらしい。それだけならまだしも、柊の部屋の窓は開けっ放しになっていて、部屋の中はひどく散らかっていた。それこそ、台風でも通り過ぎたかのように。

子どもが夜遊び目的で家を抜け出すにしても、おかしな状況である。第一、柊が夜遅くに家を抜け出したことなど、幹雄の知る限り一度もなかった。もちろん一度もなかったからといって、これからもないとは言えないし、現にこういうことになっているのだが。

「何をやってるんだ、あいつは……」

玄関を出て、乗りこんだ車のエンジンをかけながら、幹雄はイライラとつぶやいた。

※

「――お母さんを捜してるって話だけど。なんで日枝神社なの？」

「お父さんに日枝神社に行くって言って、そのまま出ていっちゃったんだって。他にあてがないの」

「ぼくに小鬼が見えるようになったのは、何でか分かる？」

「鬼になれば小鬼が見えて当たり前でしょ」

「ぼくは鬼じゃないよ」

「小鬼が多く出る人間はいずれ鬼になるの。あんなに濃い小鬼が出てるんだから、鬼になるのも近いんじゃない？」

「ええっ、鬼になるって……あ。じゃあ、ツムギも元々は人間だったの？」

「私は生まれた時からずっと鬼。他人に本音を言えない人間からは小鬼が出続けて、いつか鬼になる。で、そうやって鬼になった人間から生まれる子もいるってこと。そういう子は最初から鬼だね」

そんな話をしたのは、あの後、二人で夜道を日枝神社のある山形市に向かって歩いていた時のこと。

柊の方は一度家に帰ることを提案した。普通に考えて、ここから山形市までは徒歩で行くような距離ではない。電車やバスを使うならお金がいるが、着のみ着のまま出てきた柊はポケットに多少の小銭があるくらいで、ほぼ無一文だ。バスの運賃すら払えなかったツムギの方は言わずもがな。第一、夜に騒いで家を飛び出したあげく、帰ってこないとなると、きっと家の方も騒ぎになっている。いったん家に帰って、父や母たちに顔を見せてから、今晩はとりあえず休む。そして、朝、学校に行くふりをして山形市に向かえばいい。

そう柊は思ったのだが、ツムギは反対した。

「あいつが待ち構えてるかもしれない」

「あいつって……あの化け物か。あれ、本当に何なの？」

「分からない。でも、あいつは間違いなく柊を狙ってた。小鬼も食べるみたいだから、鬼になりそうな人間を狙ってるのかも。次は逃げ切れるかどうか分かんないよ」

「逃げきれなかったら、どうなるの？」

「分かってるでしょ。一度そうなりかけたんだから」

食われる、と言いたいらしい。そして、これには柊も反論できなかった。実際、柊は一度、あの怪物の口の中に飲みこまれたのだ。あまりに異様な出来事で、実感は乏しい。けれど、家に戻ると、また同じことになりかねないわけで、確かにそれはぞっとする。

結局、柊は自分の意見を引っこめ、そのままツムギと共に日枝神社を目指すことにした。もちろん、夜通し歩くのは辛《つら》すぎたので、途中、公園で仮眠の時間を過ごして朝を迎えた。目を覚ました後は国道を歩き続け、そして――。


今はこうなっているというわけである。

「街まででごめんね」

料金所を通過して高速道路に入るワゴン車の助手席から、その若い男性は気安い口調で後部座席の柊とツムギに話しかけてきた。

名字は分からないが、名前は竜二《りゅうじ》というらしい。運転席でハンドルを握っている澪《みお》という名の女性がその名で呼んでいた。朝っぱらからこんな場所でヒッチハイクしていた怪しげな二人組（無論、柊とツムギのことである）を、親切にも拾ってくれた奇特な人たちだ。

柊はあわててかぶりを振った。

「いえ、途中まで乗せてってもらえるだけで助かります」

「何？　二人は愛の逃避行中？」

りそうになった。

運転席の女性、澪にそんなことを言われ、車の中だったが、柊はその場で飛び上が
「いえいえ！　そんなんじゃ！」

「ぜーんぜん！」

ツムギまでもが声を合わせたものだから、竜二と澪の二人は大笑いする。そうして、澪は車のバックミラーごしに柊へ視線を向けてきた。

「でも、ご両親は心配してない？」

耳の痛い言葉だった。

「あ、どうかな……というか、荷物、すごいですね」

話題をそらすために柊はそう言ったのだが、実際、少し気になっていた。この車はおそらく十人乗りのワゴン車。しかし、柊にしてもツムギにしても、乗りこむ時はかなり身を縮めなければならなかった。というのも、運転席と助手席の後ろは、たくさんの段ボール箱や、折り畳み式のハンガーラック等が所狭しと積み込まれていたからである。引っ越しの最中なのかな、と柊は思ったのだが、それはどうやら勘違いだったらしい。澪ではなく、竜二がこう答えた。

「ああ、俺たち、古着屋を始めたくて、今は車で全国のフリマを回ってるんだけど。今日は米沢の公園に出店で……そうだ！　良かったら、二人も寄ってきなよ」

晴れた夏空の下、西條天満《にしじょうてんまん》公園はがやがやとしたざわめきに包まれていた。

園内に旧米沢城の土塁が残されていることで、それなりに知名度のある公園だが、今日ここに集まっている人のほとんどは観光目的ではないだろう。いくつも立ち並んでいるのはフリーマーケット用の大きなテント。時間が時間だけにまだ開店していない店も少なくない。が、それでも店をのぞきに来た客の姿は徐々に増えつつある。

「あーもうちょっと左かな。よし、そこでＯＫ！　いいねえ、ぐっと見やすくなった」

竜二の指示に従って、柊は陳列用の台の位置を調整した。台の上に載せられているのは、色とりどりの髪飾りだった。どちらかといえば和服に似合いそうなものが多く、日常的に使うバレッタなどとは形がずいぶん違う。

「こういうのも売るんですね」

「うん。今日は近くでお祭りもあるから。浴衣《ゆかた》のお客さんを狙ってね」

竜二の返答に柊が「なるほど」とうなずいた時、浴衣ではないが、店の前で立ち止まった一人の女性が、ハンガーラックにかけられた女物のシャツを指差して声をかけてきた。

「すみません。このシャツ、小さいサイズありますか？」

「あー、サイズは出てるだけなんだけど、柄違いなら、小さいのもありますよ。ほら、これ」

「あ、ほんとだ。これもいいな」

「すっきりして、夏は着やすいですよー」

店の前に出て愛想良く応じる竜二の姿を、柊が笑みを浮かべて見ていると、横からつんつんと脇腹を突かれた。

「柊、柊」

「わっ……と、何？」

ツムギだった。

明らかに不機嫌そうな顔をした鬼の少女は、振り向いた柊の顔をまっすぐ見て、

「いつ、ここを出るつもり？」

柊は目をしばたたかせた。

ツムギの言いたいことは分かる。

ここはまだ米沢市。日枝神社のある山形市までは、まだまだ距離がある。ツムギのしかめっ面は間違いなく「さっさと行こう」と訴えていた。

ただ、そうは言っても、

「ここまで乗せてもらったお礼に、少しは手伝ったりしないと」

「ついでだったんだから、気にしなくていいんじゃないの？」

「そういうわけには」

柊が言い返そうとしたところで、「柊くん、ツムギちゃん」と二人を呼ぶ竜二の声がした。見ると、さっきの女性客はもう立ち去っていて、竜二は自分のスマートフォンを耳にあてていた。

「ごめん。ちょっと受付行かなくちゃいけないみたいで……店番、頼んでいいかな？」

「あ、はい」

ツムギが何か言う前に、柊は返事をした。

「ありがと！　少しなら値札より安くしてもいいから。あと、よろしくね」

「分かりました！」

笑顔で立ち去っていく竜二に、柊は日ごろの柊らしくもなく元気よく応じる。

そばにいるツムギが「だめだ、これは」とでも言いたげにため息をついたようだった。

それからしばらく、柊は店番に没頭した。

「すみませーん。これって二枚買うと、割引してもらえるってことですか？」

「あ、はい。そうです」

「そっちのも？」

「えーっと、はい。そうなってますね」

「じゃ、これと……そっちのカーキ色のも下さい」

「ありがとうございます！」

あいかわらずツムギは不満そうだったが、柊にとってはそれなりに楽しい時間だった。もちろん、これはヒッチハイクのお礼。しかし、それはそれとして、誰かの役に立っている実感があるのがいい。学校や家にいる時の自分とはまったく違う別の誰かになれたようで、心が弾む。「こういう接客業って、意外に自分に向いているのかな？」とさえ思ったほどだ。

「すみません」

「あ、はい。ちょっと待って——ツムギ」

「はいはい……。なんでしょう？」

「この帽子、かぶってみていいですか？」

「ええ、どうぞー」

ツムギの方も何だかんだ言いつつ、店番を手伝ってくれていた。

ただ、それは良かったのだが、一方で少し気になることもある。

「へーすごい！　頭良いんだね」

「そんなことないっすよー」

店番からは脱線したこの雑談は、柊でもツムギでもない。

店から少し離れたところで、澪が大学生らしい見知らぬ男性の二人組と話をしていた。会話に耳をそばだててみると、相手は澪にとっても初対面のようだった。向こうから声をかけてきたようだ。つまり、どこをどう見てもナンパ。澪も澪で、店のことなど放ったらかしにして、相手の話に付き合っている。というより、そもそも澪は車がこのフリーマーケット会場に到着してから、全く店を手伝おうとしなかった。開店準備も店番も全て竜二と柊たちに丸投げしている。

「澪さん、全然お店に来ないね……」

柊のつぶやきに、ツムギは無言だった。

2

「よし、少し落ち着いてきたかな」

隙間が増えたハンガーラックを見て、竜二が満足げな声をあげた。

頭上の空はもう陽が陰っている。

結局、半日近く、柊とツムギは竜二の店の手伝いをして過ごした。二人の昼食代を竜二が出してくれたし、ツムギの旅が急ぎではなかったからできたことだが、それにしても、これはヒッチハイクや昼食の謝礼としては少し過剰だろう。竜二もそれは分かっていたのか、二人に向かってこう言った。

「おかげで助かったよ。お礼ってほどじゃないけど、今のうちに好きな服、選んで持ってっていいよ」

「いいんですか？」

「やったあ」

実際その申し出はありがたかった。なにしろ、二人とも柊の家にいた時の普段着を身に着けたままだったからである。季節が季節だけに、寒さに凍えるようなことはないが、街中をこの服装で歩くのはさすがに目立つ。下手をすれば、警官や補導員に目をつけられてしまうかもしれない。

お言葉に甘え、嬉々《きき》として好みの古着を選ばせてもらった。着替えは駐車場に停められたワゴン車の中ですることにした。

「えーっと……」

「柊が先でいいよ」

「いいの？」

「ま、よく働いてた順ってことで」

「……ひょっとして、ちょっと怒ってる？」

「怒ってない。服貰《もら》えたのは、まあ助かったし。お人よしにも程があるとは少し思ってるけど」

「やっぱり怒ってるような……」

ともあれ、柊が先に車内で着替えることになった。

竜二から貰えたのは服だけではない。古着と一緒に並べられていた靴も一足持っていっていいと言われたので、ありがたくサンダルから履き替えさせてもらった。手早く着替えを終えて、ワゴン車を出ると、ツムギとバトンタッチする。

「ちゃんと見張ってて」

「うん」

車内の窓にはカーテンが付けられていて、外からの視線を通さない。とはいえ、中でツムギが着替えていると思うと、そっちに目をやるのはさすがに悪いような気がして、柊は車に背を向けた。赤みを帯び始めた空を見上げる。

昼間ほどではないが、夕方のこの時間になっても、柊の肌にまとわりつく風に熱気は残っていた。東北といっても、夏は十分暑いのだ。汗を含んだ元の普段着から、古着《ふ》とはいえ、さっぱりした服に着替えられたのは本当に良かった。本音を言うと、風呂《ろ》にも入りたかったところだが、それは今の状況では贅沢《ぜいたく》というものだろう。

夕焼けに染まりつつある空を見ながら、ふと柊が思い出したのは、昼間の出来事だった。

「竜二さんと澪さん、ずっと目合わさないし、喧嘩《けんか》してるのかなあ」

よくよく思い返してみれば、最初にワゴン車に乗せてもらった時も、竜二と澪は、柊たちにはあれこれ話しかけてきたが、二人で親しげにしている様子はなかった。言葉は悪いが、拾った柊たちをだしにして、自分たちの気まずい空気を和ませていたようでもある。

「別に、いつもあんな感じなんじゃないの」

ワゴン車の中からツムギの言葉が返ってきた。

「痴話喧嘩なんか、本人たちにしか分かんないんだし」

一瞬、柊は口をつぐんだ。

そうしてから、改めてぽつりと、

「二人のために、何かできるといいんだけど……」

ワゴン車の後部にあるリアゲートが開く音がした。着替えを終えたツムギが、ぴょんと車内から飛び下りてきて、

「あんた、まだ関わる気？」

今度こそ、あきれ顔で言う。

「自分も父親に干渉されるのが嫌だったんじゃないの？」

「そうだけど……でも」

それとこれとは——そう続けそうになったところで、柊は言葉を喉《のど》の奥に仕舞った。

そして、

「ちょっと行ってくる！」

言い残して駆け出す。

「ったく……」

つぶやいたツムギはちらりと、柊が走っていった方向とは逆の方角へ目を向けた。

※

駐車場のすぐ隣にはささやかな神社跡がある。

西條天満神社跡。

こんもりと生い茂る木々に囲まれた丘のような場所に、古ぼけた本殿と拝殿の建物だけが残されている。米沢市の史跡の一つではあるが、旅雑誌の表紙を飾るような派手な観光名所ではない。

夕暮れの時間を過ぎ、空はもう藍色《あいいろ》に染まりかけていた。

ひとけのない石段をツムギが上っていくと、元は神社の境内だったらしい、見晴らしの良い場所に澪がいた。薄暗くなった空の下、スマートフォンのカメラを眼下に広がる公園の方向へ向けている。ツムギもそちらに目をやると、そこには竜二の店があって、店の前に竜二と、そして、その竜二に向かって熱っぽく話をしている柊の姿があった。

「さっきの男の子たちには、もうフラれたの？」

石段を上がってきたツムギにいきなり声をかけられ、澪はほんの少し驚いたようだった。

「ああ、ツムギちゃんか」

目を見開いてから振り向いてから、自嘲《じちょう》するような笑みを浮かべてみせる。

「そんなわけないじゃない」

ツムギは肩をすくめてみせた。

「あんたのせいで、柊が動かなくて困ってんだけど」

これに関しては、半分は八つ当たりである。大体、今日会ったばかりで、昨日まではまったく見ず知らずだった男女にお節介を焼こうとする柊の方が、少し変なのだ。

「あたしが？　何で？」

澪は小首をかしげた。

ツムギは唇を尖《とが》らせて、

「好きでもない男と付き合ってるから、気持ち隠さなくちゃいけなくなるんだよ。思ってることがあるなら、ちゃんと伝えないと……。かわいそうでしょ」

「それって――あー違う違う。竜二はあたしのお兄ちゃん」

「えっ？」

ぽかんとするツムギを見て、澪はもう一度、笑った。

「でも……そうだね。ツムギちゃんの言ってる通り、思ってることを伝えられたらいいのにね……」

つぶやくように言った澪の顔が、今度はどこか少しさびしげに陰った。

その時、ドン、ドンという大きな音が辺りに鳴り響いた。花火の打ち上がる音だ。近くで開催されている祭りに合わせて、打ち上げられたらしい。夜に片足を突っこんだ空に鮮やかな大輪がいくつも咲く。公園の方からは、花火が打ち上がるたびに、歓声も上がっている。

そうやって、どれくらいの時間が過ぎただろうか。

ツムギと澪が何となく黙りこんだまま、空に広がる花火の輪を見ていると、不意に別の人間の声が石段の方角から聞こえた。

「澪。ツムギちゃんも……」

竜二だった。

急いで石段を上がってきたのか、少し息を切らしている。

二人を見比べた後、竜二は澪のそばに近づいて、

「柊くんが澪と話してほしいって。なんか、すごく一生懸命だったから」

そこまで言ってから、竜二は大きく息を吐いてみせた。

「最近ギクシャクしてたのがばれたかな……」

竜二のその言葉に澪は軽く目を伏せた。

「ギクシャク……してたかな」

瞬間、ツムギは「あ」と声をあげそうになった。

他の者には見えなかったかもしれない。

だが、ツムギには確かに見えたのだ。

澪の背中から、にゅるりと人魂《ひとだま》めいたそれが出てくるのが。

小鬼だった。

※

竜二と澪が今のようなフリーマーケット巡りを始めたのは、もう一年以上も前らしい。

元々、古着屋を始めて自分の店を持ちたい、というのは兄の竜二の夢だったのだそうだ。兄と仲の良かった澪も、それまでの仕事を辞めて兄の手伝いを始めた。別に二人は深刻な喧嘩をしたわけではない。というより、大抵の人間は深刻な喧嘩などあまりしない。雨降って地固まるというのは、ことわざというより理想論であって、現実がそんな都合のいい大団円を迎えることは中々ない。派手な対立をしてしまえば、亀《き》裂《れつ》を残したまま別れてしまうのが多くの人間の常でもある。だから、人は本音を隠し、言いたい言葉を飲みこんでしまう時がある。相手との決定的な断絶を恐れて。

二人が抱える詳しい事情など、もちろんツムギは知らない。

ただ、

「ずっと、子どもの頃から、お前が後ろについてきてるのが当たり前だったから……」

鮮やかに咲く花火の光に横顔を照らされ、竜二が澪にそんな話をしていた。

「オレの好きなものは、お前も好きだろうって思ってたんだ。古着もフリマも好きだろうって」

「好きだよ……」

「うん……でも、それだけじゃないような気がしてた。ずっと気づかないふりしてたんだ」

そう言って、竜二は一度、背後を振り返った。

「さっき柊くんに、澪と話してほしいって言われて、ちょっと驚いた。けど、よくよく考えてみると、図星だったんだよ」

「図星？」

「適当な話はしてきたけど、オレたち、本当に大事な話は一度もしてこなかったんじゃないか——ってこと」

「………」

「だから、オレ、思ったんだ」

向き直った竜二が正面に立つ澪のことをまっすぐ見つめた。

「家族だから、言葉にしなくても理解し合えるなんて、ウソだって」

澪が目を見開く。いや、澪だけではない。二人の話を聞くとはなしに聞いていたツムギもだ。

家族——。

「お前の話、もっと聞かせてほしい」

竜二が言うと、澪が微笑んだ。泣き笑いのような笑顔だった。

「うん。本当は話したいことといっぱいあるの」

澪と違い、ツムギはかすかにうつむいて、つぶやいた。

「お母さん……どうして……」

だが、そこに、

「ツムギー！」

突然の叫びは柊だった。石段の下からだ。こっちに向かって駆け上がってこようとしている。その手が空を指差していた。

「上見て！　上！」

──上？

柊に言われてツムギもようやく気づいた。

空からふわりと落ちてくるものがある。

雪だ。夏だというのに、辺りを白く染める雪。

いや、異変は雪だけではなかった。

「えっ？」

空を舞う雪の間を縫うようにして、青白い影がうねうねとのたくっていた。能面めいた顔に浮かぶ厭《いや》らしい笑みは、以前見た時と全く変わらない。柊を食べようとしたあの化け物。

そして、ツムギがその姿を振り仰ぐと同時に、相手は襲いかかってきた。

「！」

反射的にツムギはその場にしゃがみこんだ。そこへ迫る化け物の笑顔。ぎりぎりだったが、何とか避《よ》けられた。だが、その時、

（あ……）

身を低くしたツムギの横から何かが突っこんでくる。

別の顔だった。

（もう一体っ⁉）

今度はさすがにかわせなかった。突進してきた相手の顔がえぐるようにツムギの脇腹をなぐ。こらえられるはずもなく、そのままツムギの体は撥《は》ね飛ばされた。

「っ！」

全身を衝撃が襲う。すぐそばにあった神社跡の建物に叩《たた》きつけられ、一瞬、ツムギは息が詰まった。そして、ここまでの騒ぎになると、少し離れた場所で話をしていた竜二と澪も気づいたらしい。

「え……何？」

「ツムギちゃん？」

「いたたっ……」

うめきつつ、それでもツムギは体を起こした。

「大丈夫？　ていうか、なんでいきなり……」

こっちを振り向いた澪の顔には驚きと困惑が広がっていた。そして、その目は一度も空中で身をくねらせているあの化け物に向かなかった。澪だけではない。竜二もである。

見えていないのだ、二人には。

よくよく見ると、さっきまでと違い、澪の体からはもう小鬼が出ていなかった。

そのことに気づいたツムギはよろめきながらも、即座に身を翻した。

「あっ、ツムギちゃん！」

呼び止める澪の声を振りきって、走り出す。

狙い通りと言うべきだったのか。

空中の化け物は澪には見向きもせず、ツムギを追ってきた。

3

「ツムギ！」

柊が神社跡の建物があるその場所に駆け上がった時、ツムギの姿はもうそこになかった。

「急に走っていっちゃって……」

「向こうに行ったの」

取り残されていた竜二と澪が、古ぼけた建物の裏手を指差している。そこは木々が立ち並び、ちょっとした林のようになっていた。

「ありがとうございます！　いろいろとお世話になりました！」

それだけ告げると、柊は二人が指差した方向へ、改めて駆け出した。最初は林のようだと思ったが、木々はすぐに途切れ、コンクリートの急な斜面が柊の目の前に現れた。ツムギの姿は見えない。だが、ここを下っていったのは間違いない。あまり運動が得意ではない柊は、両手でバランスを取りながら、慎重に斜面を下りた。下は駐車場だった。

「狙われてるのは、僕だけじゃなかったの？」

再び走りながらつぶやいたその問いの答えは、今は分からない。

「どっちだ？」

駐車場を出ると、目指す方向が分からなくなってしまった。だが、その時、道の先でちょっとした騒ぎが見えた。

「いてて……」

「おい、大丈夫か」

「ああ。ったく、なんだよ、あの女。謝りもしないで」

地面に尻《しり》もちをついた男性を、連れらしい別の男性が引っ張り起こしている。ちょうど道の角にいたその二人は、柊から見て、右の方角へ目を向けていた。

柊は二人の横を通りすぎ、角を右に曲がった。

空には「ドン！ ドン！」という花火の音が相変わらず鳴り響いている。

その空から、花火にはまったくそぐわない白い雪が落ちてくるのが、何とも異様だった。

「雪？」

「おいおい、夏だぞ？ 今」

通行人たちのざわめきが聞きながら、柊は走り続ける。

そうやって、どれくらい道を進んだだろうか。

「はあっ、はあっ……」

息を切らして交差点の前で立ち止まった柊は、ようやくそれを見つけた。

ツムギではない。

空を飛んでいるあの化け物だ。

立ち並ぶ電柱をふわりふわりと避けながら、町の外れに向かっている。その辺りは住宅や店の看板がまばらになり、今度こそ林が広がっていた。林の先にあるのは、ちょっとした山だ。化け物は山を目指しているような動きだったが、おそらく目的は山ではない。

「ツムギーっ！」

町外れに向かって、柊はまた走り始めた。林に入る。だが、そこで化け物の姿を見失ってしまった。辺りの暗さと、周囲に鬱蒼《うっそう》と茂った木々のせいだった。確かにこっちに来たはずなのに見当たらない。

林の中には一応、細い道が延びていた。とはいえ、整備された道ではないから、この暗さの中で闇雲に走るのはさすがに危険すぎる。時刻はもう夕方というより、ほとんど夜である。暗闇に目をこらし、柊は林の中を歩き回った。

「ツムギ!?　どこっ？　返事して！」

木々の間をこだまする自分の声に応じる声はない。

やがて、林の端まで到達した柊は、そこにあった小さな社の横を突っ切り、その先にある山へ足を踏み入れた。雑草の生えた山道を、破裂しそうな心臓を抱えて必死に這《は》い上がる。町の灯がずいぶん遠くなっていた。花火もやんでいる。代わって見えるのは、夜空に明るく映える月。あれのおかげで、人工の光がとぼしい山道も何とか進むことができる。

「ツムギ！　いるかーっ？」

荒い息の中から、また叫んだ。やはり返事はない——と思ったが、ふと何かの気配を柊は感じた。無視できないその直感に従って、山道の脇に目を向けると、そこは崖《がけ》になっていた。谷だ。崖の下に山間《やまあい》を流れ落ちていく川があって、川の周囲が低地になっている。岸辺に何かが見えた。間違いなく人間に似た形をしていた。この暗さでも着ている服や背格好は視認できる。ツムギだ。ただ、

「ツムギ!?」

崖の下でツムギは倒れていた。ひょっとして、あの化け物から逃げる途中、足を滑らせて崖から落ちてしまったのか。横向きに顔を伏せたまま、まったく動かない。あわてて柊は周囲を見渡した。なんとか下っていけそうな周り道を見つけて、谷底へ下りる。

「ツムギ！」

柊が駆けつけても、ツムギはやはり倒れたままだった。

「大丈夫⁉」

肩をつかんで仰向《あおむ》けにしてみる。ツムギは目を開けなかった。柊はその口元に自分の耳を寄せた。ふっと耳たぶにかかる、かすかな空気の流れ。

「良かった……息してる」

だが、安心かといえば、そんなことはなかった。あの能面めいた化け物の姿は、周囲に見当たらない。ツムギを狙うのをあきらめたのだろうか。いや、いないのなら今はそれでいい。それよりもツムギだった。見たところ、深刻な怪我をしている様子はないが、気を失っているということは、頭を打った可能性もある。

辺りを油断なく見てから、柊はツムギの体を持ち上げ、背に担いだ。

※

意識のない人間の体は重い。

おんぶだろうが、お姫さま抱っこだろうが、まったく力が入っていない人間の体は、支えるのに苦労する。どんなに小柄な女の子であろうと、体重が30キロを下回ることはまずなく、そして、30キロというと、古い電動アシスト付き自転車を背負って歩き続けるようなものなのだから。しかも、足の下は平坦《へいたん》な国道ではなく山道だ。

加えて、困ったことがあった。

「はあっ、はあっ……どっちだ……？」

意識のないツムギを背負った柊の目に、街の明かりは中々近づいてこなかった。ツムギを追って、山中を右往左往したせいで、道に迷ってしまったのである。

かろうじて右の方角にぼんやりとした光がある。

フラフラになりながらも山道をそちらへ進む。

だが、その時、

「！」

不意にズルッと柊の足が滑った。そこは崖というほどではないが、道が途切れ、斜面になっていた。夜の暗さがますます増したせいで、柊もそんなところに斜面があることに気づかなかったのだ。ツムギを背負ったまま、柊は斜面を滑り落ちた。腕や肩のあちこちを、周囲に生えた低木の枝がこする。そうして、最後は尻に強烈な痛みが走った。斜面の一番下はアスファルトで舗装された道路になっていた。尻もちをついた姿勢で、ようやく柊の体が止まる。と同時に、近くから驚いたような声があがった。

「わっ……と」

道路を挟んで向かい側に、人影があった。

いきなり山中から飛び出してきた柊と、その柊に背負われたツムギを見て驚いたらしい。道を渡って、こっちに近づいてくる。

「おいおいおい。どうしたんだい？　二人ともボロボロじゃないか！」

年配の男性だった。大きな眼鏡をかけていて、頭はつるりと禿《は》げあがっている。近所の住人だろうか。それとも、ただの通りすがりだろうか。いや、柊にとっては、どちらだろうと気にしている余裕などなかった。

背中のツムギはあいかわらず目を覚まさない。

「お願いします……！」

鬼の少女のかすかな息の音を耳元で感じながら、柊は必死の声を張り上げた。

「ツムギが……、助けてください！」

三　色づく世界

I

男の静かな眼差《まなざ》しは、まっすぐ前を向いたままだった。

その瞳《ひとみ》には、夏の陽に照らされ、ゆるやかにカーブしながら延びる線路が映っている。

突然、男の背後から派手な警告音があがった。振り向いた男の目に見えたのは、今度は電車だった。男は線路がある高架の上を歩き続けていたのだ。法をうんぬんする以前に、そのままでいれば大惨事になっていたところだったが、男はそこまで間抜けではなかった。

線路を蹴《け》って横に飛ぶ。

さらに男は高架の上から、近くにあった民家の屋根の上に飛び移った。決して不可能というわけではないが、その動きは明らかに常人離れしていた。あるいは、電車の運転手は白昼夢でも見たように感じたかもしれない。

ガタンゴトンと通り過ぎていく電車を尻目《しりめ》に、男は民家の屋根の上からも軽々と飛び降りた。

その瞬間、男がかぶっていたフードがずれ、頭部があらわになる。

額からは太い角が伸びていた。

※

「ん……」

閉じたまぶたの向こうで、急に世界が明るくなったのを感じて、柊は目を開いた。

真っ先に見えたのは、窓から差しこんでくる朝日。窓の手前にある障子を、誰かの手が開けている。寝惚《ねぼ》けまなこをこすると、それが着物姿の女性であることが分かった。母のみくりより年上に見える女性だ。首だけでこちらを振り返って、柊に目を向けている。半ば反射的に柊は挨拶《あいさつ》の言葉を唇に乗せた。

「あ……おはようございます」

「おはよう」

相手は平然と挨拶を返してきた。

そうして、女性は障子から手を離すと、部屋の中央に敷かれた布団に近づき、上品に膝《ひざ》を折った。

布団にはツムギが寝かされていた。

昨日、山で汚れた服のままではない。浴衣《ゆかた》に着替えさせられている。スウスウという寝息は特に乱れたところはなかった。それだけ聞くと無事のようにも思えるが、布団の端から出た顔はやや赤い。

「起きないと思ったら、少し熱があるじゃない」

ツムギの額に手をあてた着物姿の女性が、つぶやくようにそう言った。

それでやっと、寝起きで血の巡りが悪かった柊の頭も回り始めた。

そうだ。

ゆうべのことだ。

ツムギを担いで助けを求めたら、あの眼鏡の男性が他にも人を呼んでくれて。

そして、集まった人たちが、近くにあったこの建物の中にツムギを運びこんでくれて。ツムギだけでなく、自分の手当てもしてくれて——。

ここはどうやら旅館のようだった。

ゆうべの男性は旅館の主人、そして、今、柊の目の前にいる女性は旅館の女将《おかみ》。確か、名前は男性が山下直也《やましたなおや》、女性が山下志麻子《しまこ》だっただろうか。夫婦で旅館を経営しているらしい。

そんなことを柊が思い返していると、着物姿の女性、志麻子がツムギから手を離し、正面から柊のことを見据えてきた。

「親御さんに連絡するわよ」

ハッとして柊は顔を強張らせた。

一度唇を噛《か》んでから、相手の瞳をまっすぐ見返す。

「それは……できません」

「家出？　あのね、ここも客室なの。他のお客様のために空けたいの。早く連絡しなさい」

志麻子の言い分は、どこをどう突いても正論以外の何ものでもなかった。そもそも、昨日の夜、転がりこんできた柊とツムギをろくに事情も聞かずに手当てしてくれて、さらには一晩、この部屋に泊めてくれただけでも、破格の待遇と言っていい。この上は、大人の義務を果たして、この子たちをしかるべき場所に帰す——志麻子がそう考えるのは、まっとうな倫理観を持った大人として当然のことで、商売優先の冷たい対応などでは絶対ない。

そのことは柊も分かりすぎるくらい分かっていたが、

「すみません。できません」

「どうしてかしら？」

「あの……彼女が治るまで、ここにいさせてくれませんか」

「私は理由を聞いてるの」

「彼女が起きるまで、代わりに何でもしますから！」

「まず答えなさい」

「働くので、ここにいさせてください」

正坐《せいざ》をした柊は深々と頭を下げた。それは、数日前の柊であれば、ありえない態度だった。頭を下げる姿がおかしいというのではない。その主張がだ。以前の柊であれば、志麻子の最初の言葉を聞いた時点で、内心でどう思っていようと、すぐにうなずき、家に連絡していただろう。他人の顔色をうかがって言いたいことを言えない性格――もちろん、それが全て悪いわけではないし、というより、この場合は志麻子の言葉に素直に従った方が、間違いなく万人に嫌われない「良い子」だったはずである。

だが、ここでの柊はそうしなかった。

心のどこかで、柊自身が自分の言葉に少し驚いていた。こんなことを言うなんて、自分はどうかしてしまったのか、と。しかし、そう思いつつも、志麻子の前で下げた頭を上げる気にはどうしてもなれなかった。

「……………」

柊にとっては息が詰まるような時間が流れる。

下げた頭の向こうで、志麻子は何も言わない。

――やはり無理だろうか。

じんわりと首筋に汗が噴き出すのを、柊が感じたその時、

「あーっはっは！」

突然、志麻子がこらえきれなくなったように大声で笑い出した。

「え……？　あの」

これには柊も顔を上げる。

「頑固な子ね」

最前とは違い、むしろ楽しそうな笑みを浮かべた志麻子がそこにいた。

「こんな子どもが働きたいなんて、うちの旦那《だんな》に聞かせてやりたいわ」

※

もちろん、働くと言っても、旅館に勤めた経験もない柊にできることなど、たかが知れている。

「大言壮語したからには、客を楽しませる大道芸でも披露してみせろと言いたいとこ

だけど」

「えっ……」

「冗談よ。まずは風呂場《ふろば》の掃除。それから食堂と客室。作業はうちの若い衆が仕切ってるから、そっちの指示に従うように」

そこからは目の回るような一日の始まりだった。

それぞれの場所で、男衆や仲居の指示に従って、独楽鼠《こま》のように体を動かし続ける。

「――ブラシ終わったら、シャンプーの継ぎ足しも頼むな」

「はいっ」

「――柊。終わったら、こっちもお願いね」

「は、はい！」

「――ゴミ箱の確認、忘れないでね。あと、食器は持てる範囲でいいから」

「あ、は、はい！」

「――新人！　ここ、新しいバケツ置いとくぞ」

「ありがとうございます！」

正直なところ、ちゃんと役に立っているのか、柊には自信がない。

いや、実際、大して役に立っていないのだろう。風呂場の掃除にしろ、客室の片づけにしろ、普段から働いている従業員たちの方が柊より何倍も手際が良い。むしろ、柊に作業の手順を教えている分、彼らは余計な時間を使わされているのだ。それでも、そのことに文句を言ったり、嫌な顔をする従業員はいない。

太陽が空を半周し、旅館の建物が夕日で赤く染まる頃になると、柊の手足は鉛のように重くなった。普段使わない筋肉をこれでもかとばかりに酷使したせいだ。全身、どこもクタクタ。頼まれたビールケースを旅館の裏手に運んだところで、とうとう電池が切れて、動けなくなってしまう。

ケースに手をつき、肩で息をしていると、ふと背中に視線を感じた。振り返ってみると、勝手口から女将の志麻子が顔を出していた。

「働くって言ったのは、柊だよ。最後までしっかりやりきりなさい」

「は、はい！」

ビールケースから手を離し、柊は背筋を伸ばした。

と、そこへ上から別の声が降ってきた。

「そんな時代錯誤なー」

のんびりしたその声に少し驚いて柊が頭上を振り仰ぐと、二階だった。開いた窓から旅館の主人の直也が笑って顔を出し、手を振っている。

「働きすぎもよくないよー」

「あんたは働きなさい！」

途端に志麻子がぴしゃりと言い放った。

「おっと。くわばらくわばら」

おどけた調子で首をすくめ、直也が部屋の奥へ引っ込む。

柊は両手でパンと自分の頬をはたいた。

音を上げかけていた己に活を入れたのである。不思議なもので、そうすると、重かった体が少し軽くなったような気がした。限界というやつは意外に自分が設定したラインより先にあるらしい。

額の汗をぬぐって、館内に戻る。

勝手口のところにいた志麻子は、そんな柊を見て、ほんの少しだけ目元を和ませたようだった。

2

……ガタンゴトンと規則正しい音を立てて走る電車の車内で、ツムギはまどろんでいる。

隣に座る人の肩に載せた頭。身を寄せた相手の体から伝わってくる体温が、切ないほどに温かい。

トンネルを抜けると、窓の外がひどく明るくなった。

「ん……」

まぶしさにツムギはまぶたを開いた。

走る電車の窓に映ったのは、一面に広がる銀世界だった。地面も、立ち並ぶ木々も、そして、家も神社も全て、純白の雪に覆われている。

歓声が聞こえた。

雪の降り積もった町で子どもたちが雪合戦をして遊んでいた。大人たちは威勢の良い掛け声と共に餅《もち》つきをしている。にぎやかな田舎町の風景だが、一つ、普通の町とは決定的に違う点がある。

それは、そこにいる全ての者の頭に角が生えていることだ。

――隠の郷。

電車の車内から、ツムギは窓に映る故郷の風景をぼんやりと眺めていた。だが、すぐにハッとした。

「えっ……」

隣に座っていた人の温かさが消えていた。

そこにはもう誰も座っていない。車内にいるのは自分一人。

窓の外に今度はおかしなものが見えた。

雪だ。

しかし、普通の雪ではない。なぜなら、その雪は空から落ちてくるのではなく、地面から空に向かって逆方向に降っているのである。まるで、映像を逆再生しているかのように。

座席から立ち上がったツムギは走った。

消えた人を追って、一つ後ろの車両に移る。すると、ふっと自分の視点が低くなった。

背が縮んだのだ。

さらに車内を走って、また後ろの車両へ移る。そのたびに自分が幼くなっていった。十四歳だったはずの自分が、いつしか十歳の自分に。さらに七歳の自分に。最後には三歳の自分に。

三歳……そうだ。

それは確か、母が家からいなくなった歳。

電車内を走り続けたツムギの体は、いつの間にか、車内ではなく、外にあった隠の郷に出ていた。逆さに降り続ける雪の中、前方で見通しの悪い雪原を誰かが歩いている。こちらにいるツムギからゆっくりと遠ざかろうとしている背中。振り返ることはない。

「待って……」

涙まじりにつぶやき、ツムギは雪原を駆け出した。

深い雪に足をとられながらも、離れていく影を必死に追いかける。

「待ってよ……」

吹きつける風が強くなった。吹雪の先に、大きなアーチのようなものが見える。いや、アーチというより輪だろうか。輪を作りあげているのは、茅《かや》で編んだ太い綱だった。綱が何かの入口めいた輪を作り、輪の先には深い闇が広がっている。遠ざかる影はその茅の輪の先にある闇の中へ消えていく。

「お母さんっ……」

懸命に伸ばしたツムギの手が、逆さに降る大量の雪に呑《の》まれ、自分でも見えなくなった。

※

「！」

ハッと開いた目に映ったのは、雪景色ではなかった。

薄暗い天井の木目。

それに向かって、自分が手を伸ばしている。

半ば反射的に布団をはねのけ、同時にツムギは自分が夢を見ていたことに気づいた。

……そう、さっきのは夢だ。いつも見る、けれど、ところどころ、自分でも理解が追いつかない夢。

知らず知らず、ため息が出た。夢の内容が悲しかったのか。それとも、それが夢に過ぎなかったことが辛《つら》かったのか。ツムギにもはっきりと分からない。

分かったのは、今の自分が置かれている状況だった。

「そうだ……私、旅館に来て――」

うっすらとだが、昨日の記憶はあった。山であの化け物に追われて崖《がけ》から落ちた時は、間違いなく気を失っていたと思う。けれど、その後、この旅館に運びこまれて。

不意にガチャリという音がした。

今の今まで自分が寝ていた部屋のドアが開いた音だった。そして、部屋の電気がつき、ドアの向こうから見慣れた姿が現れる。

「あっ、ツムギ。目が覚めたんだ」

柊だった。

ただ、昨日まではその姿が随分違っていた。身に着けているのは作業着。それも、陶工の弟子が着るような、和の雰囲気を漂わせた服だ。

「その格好――」

「体調はどう？」

ツムギのつぶやきに被《かぶ》せるようにして、柊がたずねてきた。

「あ、私も着替えてる……柊がやったの？」

布団の上で体を起こしたツムギも昨日までの服ではなく浴衣姿だった。問い返す声が低くなり、柊を見る目が少し刺々《とげとげ》しくなってしまったのは、鬼とはいえ、年頃の少女として当然のことだろう。

柊はあわてた様子で首を横に振った。

「違うよっ。女将《おかみ》さんが――あと」

否定しながら、柊は部屋に入ってきて、手に持っていたお盆をテーブルの上に置く。

「これも持ってけって」

お盆の上には、おにぎりと卵焼きが並んだ皿が載せられていた。


「何これ、めっちゃうまし！」

「うん。こんなに美味《おい》しいおにぎり、僕も初めてだ」

もちろん空腹のせいもあったのだろうが、旅館の厨房《ちゅうぼう》で作ってくれたらしいおにぎりの味は絶品だった。

中の具は梅干しにおかかに塩コンブ。言ってしまえば、ありきたりのものばかりである。だが、これが尋常でなくうまい。塩加減も握り具合も絶妙。具の豊潤な味わいと米の甘さが溶け合い、いくらでも食べられる。

布団から出たツムギが夢中になって頬張っていると、正面で同じおにぎりに口をつけていた柊が、じっとこちらを見ていた。「何？」と言葉ではなく、視線でツムギはたずねる。すると、柊はホッとしたように笑った。

「元気になって良かった」

小さな声だったので、ツムギにはよく聞こえなかった。ただ、表情を見れば、口にしたことの想像はつく。

ツムギは目をしばたたかせてから、

「昨日は柊が助けてくれたの？」

「んー。僕は倒れたツムギを見つけて運んだだけ」

それも十分、助けたと言えるのだが、ツムギがそれを言う前に、柊が言葉を続けた。

「部屋まで運んで傷の手当てとかしてくれたのは旅館の方たち」

「ふーん、いい人たちだね」

「うん」

なぜかうれしそうに、柊がうなずく。

程なくして皿が空になると、柊はお盆を手に持って、部屋を出ていった。

「もう大丈夫そうだけど――ツムギはもう少し休んでて。今晩もここに泊めてもらえることになったから」

「え、ほんとに？」

「うん」

一人残されたツムギは、言われた通り、横になることにした。目は覚めたし、食欲もあるが、体調はまだ万全とは言えなかった。何より崖から落ちた時に打った肩が痛む。折れてはいないし、ただの打撲なので、明日には痛みもひいていると思うが。

部屋はエアコンが十分効いているので、布団を羽織っても暑くはない。

低いエアコンの震動音を聞きながら、ツムギは再びまぶたを閉じた。頭に浮かんだのは、もうさっきの辛い夢の記憶ではなかった。

柊が着ていたあの服――。

ひょっとして、柊は自分たちの宿代を払うために、ここで働いているのだろうか。

そんなことをぼんやりと考えている。

※

空の皿を載せたお盆を手に、柊は厨房の入口にかかった暖簾《のれん》の下をくぐった。

大きな流し台にお盆を置くと、そこで、横から戸の開く音がした。旅館の外から年配の男性が厨房の中に入ってくる。旅館の主人の直也だった。

「あ、ごちそうさまでした。おにぎり、おいしかったです」

「そりゃ良かった。ツムギちゃんの様子はどうだった？」

「はい、おかげさまで」

「そりゃ良かった」

同じ言葉を笑って繰り返すと、直也は厨房の壁にかけられたホワイトボードの前に立った。柊の横を通り過ぎる時、かすかにタバコの匂いがした。

柊の方は流し台で皿とお盆を洗った。洗い終えた食器は乾燥機の中に入れる。そうしてから、改めて直也の方を振り返った。

直也の手にはマジックペンが握られていた。ホワイトボードに何か書きこんでいる。業務連絡だろうか。

「タバコ、吸われるんですね」

柊が声をかけると、振り返った直也は「ん？」と今度は苦笑いしてみせた。

「見られたかな。お客の前に出ることもあるんだからやめろって、あいつには言われてるんだけどね」

あいつというのはもちろん、志麻子のことだろう。

「父もよく外で吸ってます」

「親御さんには連絡したの？」

「……いえ」

「まあ、そんなもんだよな。でもな、柊くん。タイミングを逃すと伝えられなくなることって、よくあるんだよ」

もし、学校の教師のような口調で言われたら、その言葉は柊の胸に何も響かなかったに違いない。

けれど、直也の声音はごく自然で、押しつけがましいところはなかった。

「気が向いたら、元気な声だけでも聞かせてあげなさい」

少し黄色くなった歯を見せてニカッと笑った直也の顔を、その日の夜、柊は寝る前に何度か思い浮かべることになる。

※

翌朝は、柊もツムギもかなり早い時間に目を覚ました。

前の晩、早めに床についたおかげだが、もちろん、これは朝早くに出立して部屋を空けるためでもある。いくら柊が宿代を立て替えるために働いているとはいっても、好意で客室に泊めてもらっていることには変わりない。これ以上、迷惑をかけるわけにはいかないだろう。

一晩、いや、最初の夜から数えて二晩、大人しく休んだことで、すっかり元気を取り戻したツムギが、部屋で布団を片付けていると、そこに女将の志麻子が現れた。

「はい、これ。破れたところは縫っておいたから」

そう言って志麻子が差し出してきたのは、ここに来る時、ツムギが着ていた衣服だった。

「本当だ！　きれいになってる」

竜二の店で貰《もら》った七分丈のパーカー。志麻子の言葉通り丁寧に破れ目が縫われている。頬を寄せると、日に干した良い匂いがした。

「ありがとう！」

「お礼なら、あの子に言いなさい」

笑顔のツムギを正面から見る志麻子の顔にも笑みが浮かんでいた。

「あなたが寝込んでる間も、ここにいさせて欲しいって必死に頑張ってたんだから」

ツムギはぱちぱちとまばたきした。

そうしてから、ほんの少し視線を下げ、右手を自分の胸にあてる。

――頑張ってた。

志麻子のその言葉を、胸の内で繰り返すと、言葉が温かく体の内に沁《し》み渡っていくような気がした。

一方、同じ頃、柊は旅館の厨房に置かれた固定電話を借りている。

「……お母さん？　うん。大丈夫。色々あって――うん。今は宝寿《ほうじゅ》の湯っていう旅館でお世話になってる」

厨房はもう、朝食の準備に取り掛かった料理人たちの戦場になっていた。威勢の良い声が飛び交っている。きびきびと働く彼らの邪魔にならないよう、柊は隅で身を縮め、受話器に向かって小声で話した。

「やらなきゃいけないことがあって……帰るのはそれが終わったら――心配しなくて大丈夫だから。うん、本当に。――ごめん、この電話、旅館の人に借りてるから、あんまり長く話せないんだ。……うん。じゃあね」

一通り伝えるべきことを伝えて、受話器を置くと、思わずロからホッと息が出た。ため息ではなかった。

むしろ安堵《あんど》の息だ。ちゃんと家に連絡することができた自分に対する安堵。話をしたのは父の幹雄ではなく母のみくりだったが、それでも重石《おもし》がとれて、心が随分軽くなった。あるいは、単なる自己満足に過ぎなかったのかもしれないが。

「…………」

厨房《ちゅうぼう》の隅でしゃがみこみ、天井を見上げていると、ふと誰かの視線を感じた。

直也だった。

電話を終えた柊のことを笑顔で見ている。

柊が立ち上がると、近づいてきた直也は笑みを浮かべたまま、何も言わずに握りこぶしを突き出した。柊も笑って、自分のこぶしをそれにコツンと合わせた。

そうやって、諸々《もろもろ》の支度を終え、旅館を出ていく時がやってきた。

「本当に助かりました」

広々とした玄関ロビーから旅館の外に出てみると、空は雲一つなく晴れ渡っていた。

山々の稜線《りょうせん》が青空にくっきりと浮かび上がっている。今はむしろ朝の爽《さわ》やかな風が心地よいが、この分だと、昼間は暑くなりそうだ。

「あなたたちがいた間、結構楽しかったわ」

この言葉は女将《おかみ》の志麻子だった。

宿泊客ではないというのに、志麻子だけでなく、直也や他の従業員たちも何人か、柊たちの見送りに出てきてくれていた。

並んだ人たちの顔を一人一人、目に映してから、柊は改めて志麻子に向き直った。

志麻子に言うというより、独り言のようにつぶやく。

「なんか……ちょっと寂しいかも」

くすりと志麻子が笑った。

「やっぱりまだ子どもね。そんなことじゃ、ツムギちゃん、守ってあげられないわよ」

面と向かって言われると、柊の頬が熱くなった。母との電話の中で、自分自身が口にした言葉が胸に浮かぶ。

やらなきゃいけないこと——しかし、それは同時に、柊の「やりたいこと」でもあるのだ。義務ではない。そうしたいから、そうしている。恥じるようなことでは決してないが、誰かに言われると、ちょっと照れ臭い。そういうものだ。

「まあ、俺たちは人を見送るのに慣れてるからな」

志麻子の横から直也が口を挟んだ。

「また来てよ。気が向くようならさ」

「はい！　本当にありがとうございました！」

「ありがとう！」

後ろにいたツムギも声を合わせ、深々と頭をさげる。

そうして、二人は並んで元気よく道を歩き出した。


「神社まで、あと、どれくらい？」

「夕方には着くんじゃないかな」

「そっか。もうすぐかー」

県道を走る車の数はそう多くない。

早朝だからというのも無論あるが、そもそも田舎でもあるからだろう。林の横をゆるやかにカーブして延びる道。柊とツムギは特に急ぐでもなく、のんびりと歩道を歩いた。二日前のようにヒッチハイクをすることは考えなかった。そんなことをしなくても、このペースなら、柊の言う通り、夕方には目的地にたどりつく。

木漏れ日を浴びながら、道を進んでいくと、やがて木々に遮られていた視界が急に開けた。

「わあっ」

思わずといったふうにツムギが歓声をあげ、柊もそれに声を合わせた。

そこは紅花が植えられた段々畑になっていた。

一面に広がる畑の中で、鮮やかな花が咲いている。名前は紅だが、加工される前の花の色はむしろ黄色に近い。花びらにまだ残る朝露が、陽の光を浴び、きらきらとした反射光を放っていた。まるで太陽の輝きがそのまま花に宿ったかのようだ。生命の光、とまで言うのはさすがに大袈裟《おおげさ》だろうか。

「すごい！　こんなの見たことない！」

「僕も！　テレビで見るのとは全然違う！」

「何それ。当たり前だし」

「そう思ったんだからいいだろ？」

「そっか。なら仕方ないか」

弾《はじ》けるような二人の笑い声が、晴天の空に響き渡った。

※

そして、その数時間後のことである。

旅館、「宝寿の湯」の玄関前に、駆けこむようにしてやってきた一台の車が停車した。

バンと乱暴にドアが閉じられる音がして、車から降りた男が館内に姿を現す。

「いらっしゃいませ」

「ここに柊がいると聞いたんだがっ?」

受付の従業員の丁寧なあいさつなど、男——すなわち幹雄の耳には入っていない様子だった。

「あ、柊くんの……」

「父親だ!」

言い放った幹雄は辺りを睥睨《へいげい》している。

そこへ、女将の志麻子がやってきた。

「はいはい。お客様、お急ぎの用事でいらっしゃいますか?」

「柊がここに来てるんだろ? すぐに会わせてくれ!」

「もう出発しましたよ」

「どこに!? さっさと教えてくれ!」

礼儀も何もあったものではない。

志麻子がため息をついた。と同時に、受付台の内側で従業員は顔を引きつらせた。

息子のことで頭がいっぱいの幹雄は気づかなかっただろうが、彼には見えたのだ。ため息をつく寸前、志麻子の眉《まゆ》がぴくんと跳ね上がるのが。

この旅館で怒らせると最も怖いとされているのは、当たり前だが、主人の直也ではない。

志麻子である。

「せっかちな人だねえ。あたしもお客様以外と話してるほど暇じゃあないんだけど」

「はあっ？」

明らかにそれまでとは口調が変わった相手の態度にいらついたのか、幹雄は声を高くした。が、そこでギョッとしたように、幹雄は少し身を引いた。

志麻子が真正面から幹雄の顔を見ていた。

顔には笑みが浮かんでいる。が、目がまったく笑っていない。

「奥でゆっくり話しましょうか。お父さま」

「あ、ああ……」

祈りの言葉こそ唱えなかったが、受付の従業員は台の下で手を合わせた。

3

「隠の郷って、どんなところなの？」

「ん？」

のどかな田舎道を歩きながら、柊がそんなことをツムギにたずねたのは、昼食を終えて、再び目的地の日枝神社に向かって出発した時のことだった。

昼はまた旅館の人が作ってくれたおにぎりを食べた。朝、旅館を出る時、土産代わりだと言って手渡されていたのである。味は今日も最高だった。俗に言う、まかない飯というやつなのだろうが、柊などは「これで商売していいのでは？」と思ったほどだ。

「そうだねえ……」

歩道を歩く柊と違って、ツムギは横にある畑の畦道《あぜみち》を歩いていた。歩道に比べて少し高い位置に道が延びている。

「とりあえず、すごく寒いかな。一年中、雪が降ってるから。でも、それが普通だし、良いところだよ」

「そっか。……ツムギは、お母さんに会えたら、隠の郷に帰るの？」

「うん。帰るよ」

「そっか」

やや柊の声が小さくなってしまったのを、ツムギは敏感に察知したようだった。

ちらりと柊の方を振り返ってから、少しうれしそうに笑う。そして、畦道の上で立ち止まり、

「なになに？　柊、もしかして寂しいの？」

「！　そ、そんなことないよ！」

心とは反対の言葉を口にした瞬間、にゅるっと柊の肩から小鬼が出てきた。

「あっ、また、こら！」

「アハハハハハ」

畦道から歩道に飛び降りると、ツムギは再び歩き出した。

小鬼を捕まえるのをすぐにあきらめて、柊も後に続く。

「お母さんはどんな人？」

「覚えてないんだ。いなくなった時、私、三歳だったし」

「まだお母さんのこと、殴りたいって思う？」

「んー……殴ってやりたいって気持ちはもちろんある。私もお父さんも大変だったから。でも、殴る前に『何で出ていったの？』って聞いてあげようと思ってる。もしかしたら……何か理由があったのかもしれないし」

そのツムギの答えには、柊もなぜかホッとさせられた。「うん」とうなずいてみせる。

「でもまあ」

と、前を行っていたツムギが軽く笑って、柊の方を振り返った。

「会ってみないと、自分がどうしたいかなんて分かんないよね」

「そうかもね」

柊も笑顔で同意する。

だが、その時、こっちを向いたツムギがまた足を止めた。

いや、ツムギの瞳《ひとみ》に映っていたのは柊の顔ではなかった。道の隣にあった建物だ。喫茶店、カフェと呼んだ方がいいだろうか。この辺りでは珍しい、おしゃれなロッジ風の建物で、外にはテラス席もある。席の周りには仰々しくない程度に種々様々な観葉植物が飾られていて、建物の雰囲気と相まって、どこか異国めいた情緒を醸しだしていた。

「あれって……」

「え？　ツムギ？」

ツムギが駆け出し、テラス席に足を踏み入れた。意味が分からないまま、柊も同じようにテラス席に入る。

テラス席と建物の屋内は綺麗《きれい》に磨かれた硝子戸《ガラスど》で仕切られている。

硝子戸に手をついたツムギが真剣な目で見ているのは、屋内に置かれた大きな屏風《びょうぶ》だった。角度のせいで屏風絵の全部を外から見ることはできない。ただ、それでも、かなり古い絵であることは柊にも分かった。描かれているのは、雪に覆われた山や集落だろうか。決して写実的とは言えない絵だから、断言はできないが。

「――お客さんかな？」

唐突なその声は横からだった。

あわてて柊が振り向くと、屋内からエプロンを着けた一人の男性が出てきていた。整髪料できちんと整えられたその髪は、ほとんどが白い。老年の男性だ。落ちついた静かなまなざしがテラス席にいる柊とツムギに向けられている。

「あっ、お邪魔してます。……すみません。あの、外からこの屛風が見えて。でも、僕たち、お金持ってなくて……あの、すぐ出ます」

しどろもどろになりながら柊が弁解すると、隣に立っていたツムギは不服そうに口を尖らせた。

「いいじゃん。見てるだけだよ」

「でも、お店なんだから」

柊がツムギに言い返したところで、フッと笑う声がした。店から出てきた男性が漏らしたものだった。見た目からすると、どうやらこの店のマスターらしい。

「他にお客もいないし、構わんよ。屛風が気になるなら、ゆっくり見ていきなさい。向きを変えようか？」

「あ、ありがとうございます」

「やった！」

マスターが硝子戸を開け、屏風の向きを変えた。それだけでなく、柊たちを屋内に招き入れてくれた。ツムギが嬉々《きき》として、柊は恐る恐る中に入り、改めて屏風に目をやった。やはり古風なタッチの絵だった。だが、そんなことより、こうして屏風絵全体を見たことで、柊も目を奪われたものがある。絵の中の集落には、そこに住んでいるらしい人々も描かれていた。ただ、全ての人の額から角が生えているのだ。そして、もう一つ。

その角が生えた人々は、平穏に暮らしているのではなく、何かから必死に逃げているようにも見えるのである。

大量の細かい雪を撒《ま》き散らしながら空を飛ぶ、何か。

笑う能面のような顔が、細長い体の先端にくっついている——。

「聞いたことがある」

つぶやいたのはツムギだった。

「隠の郷には、雪を降らせて、人間から私たちの町を隠してくれる神様がいるんだ、って」

「神様？」

「ユキノカミって言うんだけど……おとぎ話だと思ってた。あいつがユキノカミなの？　でも、鬼を食べるなんて聞いたことない……」

話をする二人のすぐそばで、テーブルにグラスが置かれる音がした。

さっきのマスターだった。

「新作のハーブティーを作ったんだが、良かったら、感想を教えてもらえないかな？」

そう言って、マスターは軽く片目をつぶってみせる。最初の無愛想な印象とは違って、茶目っけのある仕草だった。

柊とツムギは互いの顔を見合わせた。


「っぷはーっ、うまし！」

「本当においしいです」

席についてグラスを飲み干したツムギと柊が心からの感想を口にすると、カウンターの内にいたマスターは満足そうな顔をしてうなずいた。

「最近買いつけた茶葉を試したくてね。ちょうど良かった」

「どちらのお茶なんですか？」

「これはチェコだな。他にスウェーデンやエジプト……若い頃に世界を旅したツテで、今でも良いものが手に入るんだよ」

「へえ、すごい。一人旅ですか？」

「いや、妻とね。四年前に亡くなってしまったが」

あっ、と柊は口をつぐんだ。だが、気まずい空気が流れる前に、ウォーターピッチャーを持ってカウンターから出てきたマスターが、新しいグラスに今度は水を注ぎ、柊たちの前に置いた。そうして、マスターは穏やかな表情を浮かべ、店内の壁にかけられたボードを指差してみせた。

「そうだ。この写真、見てくれるかい」

ボードには一枚の写真が貼られていた。日焼けした男性と、その隣に並ぶ女性が写っている。女性の方は変わった形の帽子をかぶっていた。麦わら帽子の亜種にも見えるが、頭のてっぺんに丸いお団子を象《かたど》ったような奇妙な装飾が施されている。

「私の隣にいるのが妻で、妻がかぶっているのはバソトハットという帽子だ。アフリカのレソトという国の民族衣装なんだが、山の形を模して作られているんだ」

「へえ、面白いですね」

立ち上がった柊とツムギがボードに近づく。

すると、突然、背後から柊の頭に何かがかぶせられた。まさしく、写真の中に映っているバソトハットだった。

「これがその時の帽子。そして」

柊にバソトハットをかぶせたマスターが、今度はツムギの頭にも別の帽子をかぶせた。こちらは、大きな耳当てがついた、今の季節には少し温かすぎる帽子である。

「わっ」

「これはイヌイットの帽子。カナダにオーロラを見に行った時に、私もかぶったんだが、とても暖かい。冬はマイナス40℃にもなる町でね」

「マイナス40℃!?」

帽子をかぶった柊とツムギが二人して目を丸くすると、マスターは「はっはっは」とおかしそうに笑い出した。

「二人ともお似合いだ」

柊は店内を見渡した。外から見た時はおしゃれなカフェだったが、中の印象はやや混沌《こんとん》としていた。決して悪い意味ではない。そうではなく、多国籍の物が互いに混じりあうようにして置かれているのである。壁に飾られているのは、明らかに日本では手に入りそうにもない大きな木の仮面。カウンターの棚に並ぶグラスや食器はカラフルで、見せかけではない、本物のアンティークのようでもある。

「ここにあるのは、奥さんとの思い出の品なんですね。……あ。じゃあ、あの屏風はどこで?」

「あー、あれはこの家を買った時に、残っていたんだよ」

マスターが屏風の方に目をやった。

「この土地に由来するものだと思うんだが、描かれた時代も作者も分からなくてね。物語にも見えるんだが」

柊の横で、ツムギがささやいた。

「もしかしたら、本当にあったのかも。ユキノカミが鬼を……」

その言葉は柊にとっても聞き逃せないものだった。なにしろ、柊も「あれ」に襲われたうちの一人だからだ。

だが、振り返って、柊がツムギにたずねようとした時、店の入口のドアが音を立てて開いた。

「だから言ったのに……ただいまー」

中に入ってきたのは、二人連れだった。幼稚園児くらいの小さな男の子と、その手を引いた女性。女性の方はおそらく母親だろう。ただ、カフェを訪れた客には見えなかった。にこにこ笑っている男の子に向かって、母親は何事か言い聞かせている。

「もう絶対なくさないでよね」

「うん！」

「返事だけはいいんだから。――あら？　お客さん」

会話の途中で、母親は店のマスターに問いかけてきた。

マスターは小さくうなずき、

「おかえり」

「こんにちは」

「こんにちは。お邪魔してます」

応じるマスターの横からツムギと柊が挨拶《あいさつ》すると、人の好《よ》さそうな若い母親は笑顔になって軽く会釈した。

「こんにちは。ほら、はると、こんにちは、は？」

手を繋《つな》いだ母親にうながされ、男の子はぱっちり開いた目で柊とツムギのことを見上げた。

「こんにちは！」

人見知りしない子らしい。ツムギが今度は感動した様子で「かわいい……」とつぶやいた。

「じゃあ、おてて洗ったら、ジュース飲もっか」

男の子の手を引いて、母親が店の奥へ向かう。男の子はそれについて歩きながら、やはり柊とツムギのことをじーっと見ていた。

そして、不意に空いている方の手で二人の頭を指差し、

「変な帽子！」

「あ、こら」

赤面した母親があわてて男の子を抱き上げた。

「ゆっくりしていってね」

笑いながら「変、変」と繰り返す男の子を抱いて、母親が奥へ引っこむ。

マスターが穏やかな眼差《まなざ》しで二人の姿が消えたドアを見ていた。

「このカフェは妻との思い出でいっぱいだが、本当の宝物はあの子たちでね」

きっと、あの親子はマスターの娘と孫なのだろう。

「受け継がれていく何かがあるようで――愛《いと》おしくて仕方がないのだよ。おっと、この歳になると、感傷的になって、いかんね」

しんとした店内にマスターの声だけが響いた。


店の外に出ると、途端にぽつぽつとした水滴が柊とツムギの頬を叩《たた》いた。

「あー、雨降ってる」

「神社まで、まだちょっとあるけど、濡《ぬ》れていく？」

柊のその問いに返事をしたのはツムギではなかった。

「これを持っていきなさい」

店の入口に立ったマスターが、一本の大きな傘を二人に差し出していた。

「えっ……傘までお借りしたら申し訳ないです」

「返さなくていいよ。今度、お客で来てくれればいいから」

店からマスターだけでなく、さっきの母親と男の子も出てきた。

「バイバーイ！」

母親の横から、男の子が元気よく手を振ってくれる。

「バイバーイ！」

ツムギも柊も笑って手を振り返し、改めてマスターに礼を述べると、三人に見送られて店を後にした。

「ねえ、さっきの屛風《びょうぶ》の絵って――」

「うん」

傘を持って道を歩く柊が、店では聞けなかった質問を口にすると、同じ傘の下でツムギは首を縦に振ってみせた。

「あれはユキノカミだと思う。でも、鬼を襲ってた。向こうで何か起きてるのかな……」

向こうというのは当然、ツムギの故郷である隠の郷のことを指しているのだろう。

そして、ユキノカミ。最前のツムギの言葉をそのまま受け取るのであれば、隠の郷と鬼たちを人間の目から隠してくれる神様。守り神のような存在なんだろうか——と柊は考える。だが、その守り神がなぜ、柊だけでなくツムギまでも襲ったのか。

黙りこんだツムギの横で、柊も口を閉ざしたまま、しばらく道を進んだ。

雨の下で、あいかわらず田舎道が続いていた。横を通り過ぎていく車はほとんどない。ただ、この辺りまでくると、道の脇にはぽつぽつ家も増えていた。そして、前方には川にかかった橋があって、橋のたもとには小さな公園がある。

子ども向けの遊具などはないその公園が徐々に近づいてきたところで、ツムギがまた口を開いた。

「カフェに入る前に、柊さ。母親に会えたら、隠の郷に帰るのかって聞いたよね」

「え、うん」

急に話が変わり、柊はほんの少し戸惑った。

そんな柊には構わず、ツムギは道の先に目を向け、

「やっぱり帰ると思う。お父さんを一人にできないし……でもね」

そして、いきなり傘の下を出て、降り続ける雨の中、ツムギは走り出した。

「ちょっ……」

「もっといろんな世界を見てみたい！」

止めようとする柊に対して返ってきたツムギの言葉はそれだった。

「レソトって、すっごく暑いんでしょ？　雪は降るのかな？　隠の郷より寒い町があるなんて知らなかった」

あわてて追いかける柊の先を行きながら、ツムギはさっきまでと違い、むしろ弾んだ声で語り続けた。

「きっと、いろんな人がいて、いろんな考え方があるんだと思う。お母さんを捜しに郷を出てきたけど、それが分かって良かった。ついでに柊も会えたし」

「ええ、言い方ひどくない？」

柊が抗議の声をあげると、ツムギは「あははは」と楽しそうに笑い出した。

「柊は？　何がしたい？」

「え……考えたことなかった」

「何でもいいよ！　本当の気持ち！」

これには柊の足が止まりそうになった。

本当の気持ち。

口にする前に、いつも相手がどう思うかを考えてしまう。学校の知人だろうと、家族の前だろうと。

だが、今はそうする必要などないはずだった。

なぜなら、そのことはもう言葉ではなく、行動で示してきたからだ。

「今は……ツムギのためにがんばりたいと思ってる」

きっぱりと口にした後で、恐る恐る付け加える。

「ダメ、かな？」

ツムギはすぐに返事をしなかった。

さらに走ってから、ようやく後ろの柊を振り返り、

「んーん。それでもいいと思う」

そう答えて、心の底からうれしそうに目を細めた。

4

流れる川に面したその公園は、大きくはないが、丁寧に整備され、落ちついた風情を漂わせる場所だった。

園内のあちこちに配置されたベンチからは、川にかかる橋やその向こうに見える山の風景を楽しめるようになっている。こんな雨天でなければ、夏の東北らしい、鮮やかな自然美を拝むことができていただろう。

「はあ、はあ、はあ……」

園内に駆けこんだツムギと柊は、屋根の下にあるベンチのそばで、雨宿りすることにした。

濡れた傘を柊が畳んでいると、ツムギがまた声をかけてきた。

「柊。私、もう一つ、やりたいことができたんだ。でも、それには柊の協力が必要なの」

振り返った柊の前で、ツムギは握手を求めるように、自分の右手を差し出していた。

「協力してくれるよね？」

「え？　まだ、どんなことか聞いてないよ」

「あれ～？　確か、私のためにがんばってくれるって言ってたような？」

「言ったけど……分かったよ」

処置なしとばかりに、柊が首をすくめてみせると、ツムギはニッと笑った。そのまま差し出した手で柊の手を握り、さらには逆の手も重ねる。

「？」

少し驚いて、柊は視線を落とした。自分の手の中に、握手したツムギの手のひらだけではない別の感触があったからだ。それが何なのか、たずねる前に、ツムギの方が口を開いた。

「この旅が終わったら、柊はお父さんと話し合って」

「え……!?」

さすがに驚きの声が出た。

「なんでそうなるんだよ?」

大体、それでは「ツムギのやりたいこと」と言えないではないか。

しかし、ツムギはかぶりを振り、

「これはうまくいくためのおまじない」

そう言って、柊の手を包みこんだ自分の両手を開いた。すると、柊の手の中に何かが残される。

お守りだった。

ツムギが持っていた、あの母親の手がかりだという日枝神社のお守り。

「これって……」

「大丈夫。効果てきめんだから」

ツムギは明るく笑ってみせた。

「私がここまで来れたんだもん」

「そうじゃなくて——」

「終わったら、返してね」

あっけらかんとした言葉だった。これには柊も苦笑する。そんな言い方をされたら、

「こんな大事なもの、受け取れないよ」と言い返すこともできなくなってしまう。

「いつになるやら」

つぶやいて、ありがたくポケットに仕舞わせてもらう。

が、そこでハッとした。

「え——」

話に気を取られていた柊は、ようやくそのことに気づいた。

いつの間にか、雨がやんでいた。

しかし、辺りに陽は差していない。ひやりと頬を撫《な》でたのは、夏とはまったく違う冷気。そして、空からふわりふわりと何かが降ってくる。白い、綿菓子のような——。

「雪⁉」

同時に、それは兆候でもあった。この数日、何度も経験してきたことだ。いい加減、予測くらいできる。

「ユキノカミがいる……？」

つぶやいた瞬間、柊は自分の背後で水の音を聞いた。川だ。公園のそばを流れる川から、突如として何が飛び出してきた。雪ではなく、水しぶきをまきちらしながら宙に浮かんだその長大な体は、巨大化した太刀魚のようですらあった。しかし、あんな太刀魚がいるわけがない。

「ツムギ！」

叫んだ柊はとっさに、そばにいたツムギを突き飛ばした。そこに突進してくる、水に濡《ぬ》れたユキノカミ。なんとか、ツムギをかばうことはできた。が、逆に柊自身がユキノカミの突進をまともに受けてしまう。

「ぐっ……！」

肩にユキノカミの体当たりを食らって、柊は公園の地面の上をゴロゴロと転がった。かろうじて受け身を取ったが、衝撃で息が詰まる。

「柊！」

叫んだツムギが駆け寄ってきた。柊の手を引っ張り、抱え起こしてくれる。ユキノカミの方はぐるりと空中で弧を描いて向きを変え、再び二人に襲いかかる構えを見せていた。

「……………」

互いに言葉はもうかけない。

身を翻すと、二人はその場から逃げ出した。

公園を飛び出し、ひとけのない道を走って、さらに近くにあった駅の方角へ向かう。

やがて、二人の前にこぢんまりとした駅舎が近づいてきた。田舎の駅だ。ロータリーが人でごった返しているようなことはない。ホームにはちょうど電車が入ってくるところだった。

駅舎の中に隠れて、ユキノカミの目をくらませるか。

それとも、駅のホームの柵《さく》を無理やり乗り越え、いっそ電車に飛び乗るか。

ツムギと柊が選んだのは後者だった。言い訳のしようのない無賃乗車になってしまうが、このまま走って逃げ回るばかりでは、らちが明かない。

駅員の目を盗んで柵を乗り越え、ホームに飛び出した。この駅は快速電車が停まるような大きな駅ではない。そのせいか、ホームに客の姿はほとんどなかった。しかし、

「あ……」

そこにはユキノカミが先回りしていた。空を自由に飛べる相手と、それができない自分たちの差だった。迫ってくるユキノカミを避《さ》け、二人は必死に駅のホームを走る。

あの不気味な顔が、肉薄したその瞬間、

「柊、ごめん！」

叫んだツムギがいきなり柊のことを横から両手で押した。

「わっ」

バランスを崩して転んだ柊の上を、ユキノカミが突き抜けるようにして通りすぎた。

ツムギの方は、ホームに停まった電車の中に入っていた。開いたドアから顔だけを出し、ユキノカミに向かって呼びかける。

「こっちこっち！」

柊という的を外したユキノカミは、すぐにその誘いに乗った。くるりと空中で向きを変えたかと思うと、一直線に電車の中に飛びこんでいく。ツムギは電車内を走って、ユキノカミから逃げる。

「くっ……」

ホームに倒れた柊は立ち上がった。すぐ近くに、工事現場で使われる赤い三角コーンが置かれていた。駅のホームで何かの作業をしていたのだろうか。いや、事情はどうでもいい。その三角コーンを両手に抱えて柊も再び走り出した。逃げるためではない。電車内のツムギとユキノカミのあとを、ホーム側で走って追うためにだ。

時間帯のせいもあったのか、停車した電車の中にも乗客の姿はほとんどなかった。わずかにいる乗客もツムギや柊の姿はともかく、ユキノカミに気づいている様子はない。驚いたように見ている乗客の前をツムギは駆けていき、そのあとにうねうねとユキノカミが続く。

やがて、ツムギは先頭の車両にたどりついた。この先は電車から出るしかない。だが、ツムギはすぐに電車を降りなかった。振り返り、後ろから迫ってくるユキノカミを十分引きつけてから、横っ飛びに車外へ出る。

入れ替わるように、先頭車両の開いたドアから中に飛びこんだのは柊だった。手に持っていた三角コーンを大きく振りかぶる。目の前には、ツムギを捕らえ損ねたユキノカミの、あの気味の悪い顔があった。そこに叩《たた》きつけるようにして柊は三角コーンをかぶせた。

「柊！」

車外からツムギが叫んだ。と同時に、

「――間もなく、扉が閉まります。ご注意ください」

ホームに流れたアナウンスは、まさに絶妙のタイミングだった。

三角コーンの下で暴れるユキノカミを懸命に押さえつけながら、柊は背後に目をやった。

「来て！」

電車の外からツムギが手を伸ばしている。

「ツムギ……！」

柊は左手をコーンから外し、ツムギに向かって差し出した。その手をツムギがつかみ、勢いよく引っ張る。電車の外に柊の体が転がり出る。ほとんど同時に、ユキノカミも自分を押さえこんでいた三角コーンから自由になるが、もう遅い。

プシューッという独特の音を立てて、電車のドアが閉まった。突進してきたユキノカミを、分厚いドアが阻む。

「はあっ、はあっ……」

荒く息をつき、見守る柊とツムギの前で、暴れるユキノカミを車内に閉じこめた電車はゆっくりと走り出し、すぐに見えなくなった。

※

何とか目的地の日枝神社にたどりついたのは、それから数時間後のことだった。

空が赤く染まり始めている。

雨はもうあがっていた。そして、雪も降っていない。

柊もそうだったが、ツムギの方も珍しく疲れた顔をしていた。ただ、足取りは二人ともしっかりしたものだった。紆余曲折《うよきよくせつ》はあったものの、目的地にはちゃんと着いたのだ。疲れはあっても、やりとげた気持ちの方が強い。

歩き続けた末、ツムギと柊はその場所で立ち止まった。

目の前にあるのは、注連縄《しめなわ》がかかった大きな鳥居。

鳥居の先には、掃き清められた石畳の道が延びている。そして、道はその先にある、見上げるような高さの階段へ繋《つな》がっていた。

「…………」

「…………」

無言のまま、それでも二人は笑みを交わした。

そうして鳥居をくぐり、石畳の上を歩き出した。

四　郷へ

1

木々の梢《こずえ》がざわめいている。

階段を上がった先にあった社殿は、夕日を浴びて濃い影を作っていた。

境内に喧噪《けんそう》はない。時間帯のせいもあるが、元々、平日に観光客が大挙して押しかけるような神社ではないのである。厳かな社殿も、隣接する御朱印所もしんとした佇《たたず》まいを見せている。

「…………」

柊の前で、ツムギが口を閉ざしたまま辺りを見回していた。

聞こえるのは、風の音だけ。

誰もいない――ツムギと同じように周囲に目をやった柊が胸の内でつぶやいた時、
不意にツムギが「あ」と小さく声をあげた。

「お母さん……」

えっ、と柊もツムギが見ている方向に視線を向けた。

無人だと思ったのは間違いだった。

社殿の近くに、立派な銀杏《いちょう》の木があった。木の前に、深くフードをかぶった影が立っている。風が強まり、絵馬掛所に掛けられた多くの絵馬がカランカランと音を立てた。その音に気づいたのか、木の前で沈思しているようにも見えた影が、柊たちの方を振り返った。

「ん……？」

ただ、ツムギの言葉とは違い、その影は女性ではなかった。

男性だ。

それも、普通の男性ではない。というのも、フードの下にのぞく額に大きな角が生えていたからである。こちらを向いた目が柊ではなく、その前にいたツムギの姿を映すと、大きく見開かれた。

「ツムギか？」

「え……お父さん？」

このツムギの言葉に、柊は思わずもう一度、「えっ」と声をあげた。神木の前にいた男性がツムギに駆け寄ってくる。

「あ――」

「やっと見つかった！」

もごもごと何か言いかけるツムギの言葉をさえぎるようにして、男性がツムギのことを抱きすくめた。

「えっ、ちょっと！　なんで……なんで、お父さんがここにいるの？」

柊の前で照れもあったのか。ツムギはじたばた暴れて、男性の体を両手で押し返した。

「お母さんは？」

このツムギの問いを聞くと、男性がふっと表情を曇らせた。

こうしてみると、ずいぶん若く見える父親だった。少なくとも、柊の父の幹雄とは違う。中年太りと縁のなさそうな引き締まった体つきのせいもあるのかもしれない。

数秒の沈黙を挟んでから、男性は答えた。

「ここにはいない」

「は？　なんで？　ここにいるって、お父さんが言ってたから、私――」

「すまん、ツムギ。まさか、お前がここまで来るなんて思わなかったんだ」

「そうじゃなくて！」

ツムギは首を左右に振った。

「お母さんは、本当はどこにいるの？」

「それは……言えないんだ」

「なんで隠すの？　私がお母さんに会うと困ることがあるの？　それとも……」

一瞬、ツムギの声が陰り、聞いていた柊もハッとした。陽が暮れかけた境内はかなり薄暗い。それでも、柊の位置からはツムギの横顔がはっきりと見えた。悔しさと心細さが入りまじった表情が浮かんでいた。

「お母さんが……私に会いたくないって言ってるの？」

「違う！　そうじゃない」

「……それとも、もう死んじゃってるの？」

「違うんだ。あいつはまだ向こうで……」

しかし、言いかけたところで、男性は口をつぐみ、目を伏せた。何かを振り切るように二度、三度とかぶりを振る。

そうして、また視線をツムギに向けると、

「いや……そんなことより、隠の郷が大変なんだ。ユキノカミが——」

「そんなこと!?」

ツムギの声が再び大きくなった。

「お母さんのことはそんなことじゃないよ！　なんで、いつも……もういいよっ！」

最後はもう会話になっていなかった。感情を叩《たた》きつけるだけの言葉を残し、ツムギは男性に背を向け、歩き出す。

「ツムギ……!」

呼びかける柊の言葉も無視したというより、耳に入っていなかった様子で、ツムギは神社の階段を下りていった。

すぐにあとを追いかけようとして、柊は足を止めた。

ためらいつつも、その場に残っていた男性の方を振り返る。……家族のことだ。部外者が口を挟むべきではないのかもしれない。まして、ツムギとはわずか数日前に知り合ったばかりである。

ただ、それでも、

「あの——」

ツムギが去っていた方角を無言で眺めやっている男性に向かって、柊は口を開いた。

「彼女は、ツムギさんはずっとあなたのことを気にかけてました」

初めて、男性の目が柊の姿をとらえた。

一瞬ひるみそうになったが、気持ちを奮い立たせて柊は言葉を続けた。

「お母さんに会えたら、お父さんのいる隠の郷に帰るんだって」

「……君は?」

「八ッ瀬柊。ツムギさんの……友達です。失礼します」

一礼すると、柊は改めてツムギを追って駆け出した。


その公園は町中にあった。

ここに来る途中、川にかかる橋のたもとに作られていた公園とはずいぶん違う。あちらは周囲の風景の観賞用。こちらはあくまで市民の憩いの場といった造りだ。子どもが喜びそうな滑り台やブランコといった遊具も設置されている。

柊が見つけた時、ツムギは公園のベンチに力なく座りこんでいた。

「……ほっといて」

「ほっとけないよ」

柊が近づくと、それを嫌がったようにツムギは立ち上がってベンチから離れ、ブランコの横に立った。鎖をつかみ、ブランコの座板をブラブラさせている。

ブランコの正面で立ち止まった柊は、迷ったあげく、こう声をかけた。

「戻ろうよ。お父さん、心配してると思うよ」

「そうかな?」

ツムギは横を向いた。

「心配なら、どうしてお母さんのこと教えてくれないの?」

「きっとツムギのことを大切に思ってるから、言えないことがあるんじゃないかな」

「分かんない」

「ツムギを傷つけたくないんだよ……たぶん」

その言葉は、柊からすれば、決して軽い気持ちで口にしたわけではなかった。しかし、「中身」を欠いていたのは事実だったかもしれない。柊としては、さっきのようなツムギと父親の言い争いを、そのままにしておくのは良くないと、単純に思っただけだ。そう──単純に。だが、そういう単純さは仮に正論であったとしても、当事者の神経を逆撫《さかな》ですることがある。さらに言えば、柊がツムギとその家族の事情をろくに知らないのはまぎれもない事実なのである。

この場合もそうだった。柊の言葉を聞いた瞬間、ツムギの眉《まゆ》がぴくりと不機嫌そうに傾いた。

「じゃあ、私が知ったら傷つくようなことを、お父さんが隠してるってこと?」

「いや……そうじゃなくて」

言いかけた柊の前に、きしんだ音を立ててブランコの座板がやってきた。ブランコの後ろに回りこんだツムギが、両手に持った座板を空のまま柊の方へ放ったのだ。弧を描いて目の前に迫った座板を、柊はあわてて受け止め、ツムギの方へ返す。すると、ツムギは強い言葉と共に、また座板を柊の方へやった。

「そんなこと、分かってるよ。子どもの頃からずっと考えてるんだもん。でも、聞かない方が私のためだって、どうして言えるの？　きっととか、たぶんとか、柊の感想なんか聞きたくない！」

勢いよく戻ってきた座板を手にして、柊は顔をしかめた。

「感想って……違うよ。僕はツムギのことを思って」

「それよそれっ！　柊のお父さんと一緒！　私はそんなこと望んでない！　柊がそう思いたいだけでしょ！」

これには、柊も頭に血がのぼるのを感じた。良くも悪くも、父親のことは柊にとっても泣き所なのだ。しかも、自分から見て父親の一番嫌な部分が、自分にもあると、ツムギは口にした。むくむくと反発心が湧く。受け止めたブランコの座板を今までより強く返しながら、柊はツムギに言い返した。

「ツムギだって――いつまでも被害者ぶってるから、周りの人の気持ちが分からないんだろ！」

言わなくていい言葉だった。いいや、言葉だけではない。柊が力をこめて放り返した座板はツムギの手の中に収まりきらず、勢い余って二の腕にぶつかってしまった。

「いたっ」

「あっ」

ハッと柊も我に返る。

「ごめん……大丈夫？」

「……平気だから」

実際、怪我の心配はいらなかっただろう。ぶつかったといっても、そこまで激しく当たったわけではない。

だから、大丈夫でなかったとしたら、ツムギの腕ではなく、それ以外のことだ。

「ここまで連れてきてくれたことには感謝してる」

沈黙を挟んでから、ツムギが低い声で言った。

もうブランコの座板を放ってくることはなかった。

「でも、もう関わらないで」

その言葉だけを残し、ツムギはブランコのそばを離れた。

公園の柵《さく》を乗り越え、遠ざかっていくその後ろ姿を、柊は追いかけることができなかった。

「……違う」

ぽつりとしたつぶやきが唇から洩《も》れる。

「話したかったのは、そうじゃなくて、僕は……」

うつむく柊の背中から、ぽつぽつと輝く小鬼が出てこようとしていた。

※

「サイテー……」

その言葉は別に柊に向けたわけではない。

しかし、誰に向けたのかと問われたら、ツムギ本人も答えられなかったかもしれない。自分に対して言ったようにも思えたし、自分以外の全てに対して言ったようにも思える。

いずれにしろ、その言葉通り、最低の気分だったことは確かだった。

一人、すっかり暗くなった道を歩きながら、ツムギは涙を流していた。これもまた、悲しいのか悔しいのか、よく分からない涙だ。そんな訳の分からない気持ちのまま泣いている自分が情けないし、腹立たしい。

歩き続けながら、手で頬と目元をぬぐう。

そうやって、しばらくツムギが道をあてもなく進んでいると、ようやく涙が引っこんできた。

横に延びる車道を時折、ライトをつけた車が通りすぎていく。ところが、一台の車がツムギを追い抜いていったかと思うと、ほんの少し先で急ブレーキをかけて停まった。

ドアが開く音がして、運転席から一人の中年男性が降りてきた。街灯に照らされたその顔を見て、ツムギも内心で「あ」とつぶやいた。

見知らぬ相手ではなかったからである。

「おい、君！」

大股《おおまた》でツムギの前までやってきたのは、柊の父、幹雄だった。

「やっと見つけた！ 柊は!? 柊はどこだっ？」

問い詰められたツムギは、やや間を置いてから無言のまま、自分がやってきた歩道の後ろ、公園のある方角を指差した。

「！ あっちか！」

それだけ聞けば十分だと言わんばかりに、幹雄はすぐに踵《きびす》を返した。別に何か言う必要などなかったし、そんなつもりもなかったのだが、ふと、その背中に向かってツムギは唇を開いていた。

「なんで追いかけてきたの？」

幹雄が「は？」とでも言いたそうな顔で振り向いた。

「俺はあいつの父親だ」

当然のように言い置いて、車に乗りこむ。

方向転換する車のライトをぼんやりと見てから、ツムギは下を向いた。

「もういいや……」

投げやりにつぶやいたその言葉は、走り去っていく幹雄の車のエンジン音にまぎれて、すぐに消えた。

※

幹雄にしてみれば、数日前に知り合ったばかりの少女の感傷など、何の関係もない話だった。

もっと露骨に言えば、知ったことではない。

ただ、一方で、柊を捜して車のハンドルを握る幹雄の頭には、あの旅館の女将《おかみ》、志麻子に言われたことがこびりついている。

『人様の家のことに口を出すなんて、野暮な話だと分かってはいるんだけどね。ただ、あの子は別に悪いことをしてるわけでもなさそうなのに、家に連絡するのだけは最後まで渋ってた。私が親なら、そのことだけはちゃんと受け止めようと思うだろうね』

余計なお世話だ――。

思い返してみると、腹立たしさが募る。が、それでいて、女将の言葉がどうにも忘れられない。事実、自分の考えを押しつけるばかりで、受け止めることはしていなかったのではないか。そんな思いが、ふと湧いたからである。

「柊……」

道を走る車のフロントガラスから見える空は、すっかり藍色《あいいろ》に染まっていた。車のライトがあるせいか、星の光は弱い。

だが、そこで幹雄は意外なものを見た。

「え……また、雪？」

パウダーを散らしたような細かい雪が、車外でぱらついていた。ちょうど車が川を渡る橋にさしかかった時だった。季節を抜きにしても、おかしな話だ。弱くはあるが、星の光は見えている。つまり空は晴れている。だというのに雪が降っている。まるで、走っていた車が突然、この世ではない別の世界にでも迷いこんだかのように。

そして、橋の下を流れる川の河川敷にその姿があるのを、幹雄はようやく見つけた。

「！　柊っ！」

白い雪が舞う河川敷を、柊がとぼとぼと歩いていた。あわてて停車した車から降り、幹雄はその名を呼ぶ。しかし、柊の方は無反応だった。返事をするどころか、橋の上にいる幹雄を振り仰ぐことすらしない。

橋から土手に回りこむと、幹雄はもう一度、声を張り上げた。

「柊！　あのな」

河川敷に向かって駆け下る。

「父さんなっ、本当は、柊に――」

目を疑うようなことが起こったのは、その直後だった。

この季節に降るはずのない雪が降り続いている。

雲も出ていないというのに、だ。

それはつまり、単なる雪雲とは全く違う、別の何かがこの場所で雪を降らせているということ。

「…………」

もちろん、鬼ではない幹雄には見えない。

そして、ツムギとのさっきの言い争いから立ち直っていない柊も気づいていない。

一体、いつからそうなっていたのだろうか。

雪の中、河川敷にたたずむ柊の額から、にょっきりと一本の角が突き出ていた。ツムギやツムギの父と同じように。

そして、その柊の背後に雪を降らせる者――すなわちユキノカミが巨体をくねらせて忍び寄る。

能面のような不気味な顔が大きく口を開く。

捕食の様は、まさに一呑《の》みというべきだった。

「だから、父さんも……えっ⁉」

反応の薄い柊に向かって語りかけていた幹雄の目の前から、突然、柊の姿が消え失せた。

「柊……柊っ！　どこだ⁉　柊！」

ほとんどパニックになって叫ぶ幹雄を残し、柊の体をその腹に収めたユキノカミは、悠然と河川敷から飛び去っていく。

※

「ツムギ！」

その声が夜道を歩き続けるツムギのことを呼んだのは、ツムギが幹雄と別れてしばらくしてのことだった。

まばらに車が通りすぎていく道の反対側から、ツムギの父が走り寄ってきた。名を、いずるという。

軽く息を弾ませ、いずるはツムギの前で立ち止まった。

「ツムギ、さっきは……」

「ごめん」

父が言い募る前に、ツムギはやはり投げやりな態度で謝った。

「もう帰るよ。郷に」

どうでもよくなったから――というのは、言葉にしない。

それに気づいたわけでもなかったのだろうが、いずるは一瞬、口を閉ざした。続けて、重々しい口調でこう言った。

「帰れないんだ」

「え……？」

「こっちでユキノカミを見なかったか？」

「ああ」

と、ツムギはつぶやいた。

「やっぱり、あれが」

しかし、そのことも今はどうでもいい。というより、考えるのがわずらわしい。

そんなツムギの心を知ってか知らずか、いずるは険しい表情を浮かべたまま話を続けた。

「ユキノカミが突然現れるようになって、俺たちを襲い始めたんだ。もう向こうには戻れない」

「それじゃ、みんなは？」

「……。もう何人も食われてる」

　これにはさすがにツムギも目を見張った。

　確かに、個人の悩み事に浸っていられるような状況ではなかった。だからといって、母親のことを「そんなこと」と言い切ってしまった父の言葉を許せるかと言われると、それはまた別の話だったが。

「けど、なんで——」

　改めて父に事情を聞こうとした時、いきなり近くで車が急ブレーキをかけて停まる音がした。少し驚いて、ツムギもいずるもそちらに目をやる。車は柊の父、幹雄のものだった。運転席のドアが開いて、夜目にも青ざめた顔をした幹雄が降りてくる。

「おい、ちょっと！　柊を見なかったか⁉」

「え、会えなかったの？」

「見つけたんだが……急に目の前から消えちまって……」

　自分の見たものが信じられないと言いたげな幹雄のその言葉を聞いて、ツムギはハッとした。

「まさか――」

隣に立つ父を見る。いずるは一瞬眉《まゆ》をひそめ、それから難しい顔をしてツムギのことを見返した。

ツムギにとってはそれで十分だった。

すぐに、幹雄の車がやってきた方向へ振り返り、

「行かなきゃ！」

「ダメだ！」

駆け出そうとしたツムギの手を、いずるが素早くつかんだ。

「助けられるもんじゃない」

「でも……！」

「ツムギ、父さんは戻ってくるなと伝えるために、ここまで来たんだ」

「おいっ、何話してるんだ！」

二人が話す横で幹雄がわめいていた。

「柊に何かあったのか!?　それにあんたは誰なんだっ？　おい！」

「少し黙っててくれないかっ！」

いずるが鋭い声で一喝する。これには気圧《けお》されたというより、驚いたように幹雄が
「あ、ああ……」とうなずいて、声のトーンを下げた。

「…………」

その間、ツムギの方は唇を閉じて考えこんでいた。

思い出しているのは、あのカフェで見た屏風絵《びょうぶえ》だ。

隠の郷らしい町で逃げる鬼たちを襲っていたユキノカミ。だが、実はあの絵を見て、ツムギが一番気になったのはそこではない。

確かに絵の中でユキノカミは鬼たちを襲っていた。しかし、絵の端には妙なものも描かれていたのである。

それは、郷の方角とは逆方向に向かって飛ぶユキノカミの体内に収められた鬼だった。まるでユキノカミの体の内側に取りこまれてしまったような姿。食われて、そのまま殺されたのなら、あんな絵になるだろうか？　あれではまるで、ユキノカミが体内に取り込んだ鬼をどこかに連れ去ろうとしているかのようだった――。

「もしかしたら、まだ……」

「ツムギ？」

いぶかしげに問いかけてくるいずるの声はツムギの耳に入っていない。

屏風絵に続いて、今度はツムギの脳裏に柊の顔が浮かんだ。笑っている顔、困っている顔、驚いている顔。そして、あの言葉。

「今は……ツムギのためにがんばりたいと思ってる」

そこだけ聞けば、結構格好いいことを言っているというのに、すぐに「ダメ、かな？」などとツムギにお伺いを立ててくるのは、本来なら減点だ。だが、それもまた柊らしい。そのらしさがツムギの胸に、忘れかけていた何かを呼び覚ましてくれる。ついさっきまで、自分の手でどこかに置いてけぼりにしていた大事な気持ちを思い出させてくれる。

だから、

「お父さん、ごめん」

「え？」

「私、あいつに謝りに行かないと」

「あっ……ツムギ！」

「お、おい！　俺にも説明してくれっ」

あわてる二人の父親の声を背に、ツムギは走り出した。

2

——夢とは少し違う気がする。

なぜなら、夢の中にいる自分が自分ではないからだ。あるいは、そういう夢を見る人間もいるのかもしれないが、柊は生まれてこの方、自分が自分以外の誰か別の人物になった夢を見た経験がない。大体、これが夢だと自覚しているところも少し変だと思う。いつもなら、目を覚ましてから夢だったと気づく。

「……ありがとう」

夢の中にいる、その自分ではない誰かに向かって、目の前に立ち並んだ人々が口々に声をかけていた。

いや、人ではなかった。

頭に角が生えている。

ツムギと同じ鬼たちだ。

「あなたのことは絶対に忘れないわ」

「君のおかげだ」

「しっかりと、おつとめを果たすんだよ」

投げかけられてくるのは、全て感謝の気持ちがこめられた言葉だった。それが嘘ではないことも、その誰か——柊には分かる。しかし、それでいて、誰か——柊が見ているのは、涙を浮かべて感謝する鬼たちではない。その向こうにたたずむ、別の鬼だ。男性だった。眠ってしまった小さな女の子を胸に抱えている。

（おつとめ……）

夢を見ながら柊がつぶやくと、それに応じたように、自分の目の前に髪飾りに似たものが差し出された。いや、髪飾りではないのかもしれない。顔の上半分を覆う面のようだ。誰か——柊は面を受け取り、ためらうことなく面をかぶる。

やがて、鈴の音が聞こえてきた。

しゃらんしゃらんと鳴る、清浄な音。

いつの間にか鬼たちの姿が消えていた。代わって眼前に広がるのは泉のような場所。足下に澄みきった水面《みなも》が広がっている。誰か——柊は水に足を浸し、静かに歩き続けている。鳴りやまない鈴の音。と同時に、気配を頭上に感じた。人ではない。鬼でもない。もっと神秘的で、この世のものとは思えない何か。誰か——柊は面をかぶったまま、頭上を振り仰ぐことなく、その何かに語りかける。

すると、またまた目に見える世界が変わった。

空を反物のようなものが飛んでいる。ユキノカミだ。一体ではない。何体もいる。しかし、その形は以前、柊が襲われた時に見たものとよく似ていたが、受ける印象はかなり違っていた。何より、先端についた顔があの不気味な笑みを浮かべていない。

雪が舞う空を飛ぶユキノカミたちは、一直線にその場所を目指していた。

町だ。

半ば溶けかけた雪が、あちこちにぽつぽつと残っている町。ユキノカミが飛ぶこちらの空は雪が降っているが、その町には雪が降っていなかった。しかし、ユキノカミたちが町に近づいていくと、町にも雪が降り始めた。家の外に出てきた人々、いや、鬼たちが歓声をあげる。

「ユキノカミが戻ってこられた」

「これでまた安心して暮らせるわ」

鬼たちの喜ぶ声と共に、町が降りしきる雪によって、白くかすんでいく。そう。雪は彼らにとって、外界と町を隔離し、自分たちの故郷をよそ者の目から隠す、神からの恵みものなのだ。どの鬼も笑い、うれしそうに雪の到来を寿《ことほ》いでいる。しかし、その彼らを見て、誰か——柊は、血を吐くような思いと共につぶやく。

「一人にしないで……」

屋外に出て、雪が降る空を見上げる鬼たちの中に、その姿があった。

小さな女の子だ。

くりっとした目を輝かせ、他の鬼と同じように雪を喜んでいる。……その雪が誰によってもたらされたのか、何一つ知らずに。

「会いたい……」

誰か——柊が泣いていた。濡《ぬ》れた感情が深まると同時に、誰かと柊の存在はさらに濃く重なり合っていく。互いの目に見えているのは、その女の子の笑顔だけ。

「ツムギ……」

最後のつぶやきは、誰かが口にしたのか、柊自身が口にしたのか、はっきりとしなかった。

※

そして、異変はそのつぶやきと共に起こった。

雪が降り続ける空を、ユキノカミが飛んでいる。

しかし、それは柊が見た夢の世界の出来事ではない。その証拠に、ユキノカミの長い胴体の一部は大きく膨らみ、柊はその中にいた。あの河川敷で柊を一呑《の》みにしたユキノカミが、ずっと運び続けているのである。丸くなってユキノカミの腹の内に収まった柊の体は、まるで母親の胎内に宿った赤ん坊のようでもあった。ユキノカミの体の中に取りこまれた時点で、柊は気を失っている。今も目を覚ましてはいない。

ところが、その柊から光が放たれた。

いや、柊からというのは違うかもしれない。光ったのは柊のポケットだった。ポケットにある何かが光っている。

お守りだった。

日枝神社に向かう直前、ツムギから手渡されたお守り。

そのお守りから強い光が発せられると同時に、それまで悠々と空を泳いでいたユキノカミの様子に変化が生じた。苦しげに長い体をくねらせる。そして、さらに強まるお守りの光。

空には煌々《こうこう》と輝く月が浮かんでいた。

飛翔《ひしょう》していたユキノカミの真下には、月に照らされた山がある。緑の木々に覆われた夏山ではない。一面、白い雪に覆われた雪山だ。

破れた凧《たこ》のように、空中でバランスを崩したユキノカミは、その雪山へ向かって急降下を始めた。

※

月明かりの下、その町は切り立った山と山の狭間《はざま》で、雪の底に沈んでいるようでもあった。

厚く雪が積もった山の麓《ふもと》に、前時代的な大きな城が築かれている。その周囲に集落が広がっているのだ。雪山の間に築かれた城下町。かなたから遠望すれば、そう見えるかもしれない。が、実のところ、遠望することはできない。周囲に高くそびえる山々と、降り続ける雪が町を完璧《かんぺき》に隠している。しかも、この雪は普通の雪ではない。その証拠に、周辺の土地に住む人間は、そこに町や城があることはもちろん、雪が降っていることさえ、ろくに視認できない。現世にない雪によって隠された結果、存在することさえ誰にも知られていない町。ゆえに「隠の郷」と呼ばれる。

町の北辺、山の斜面に隣接して築かれた城は、決して飾り物ではなかった。

ここには御前と呼ばれる、郷の指導者が居住している。いわば郷を統治する官庁だ。また、同時に城は郷に住む鬼たちの避難場所でもあった。見た目は古風だが、決して古代の遺物というわけではない。内部には電気が通り、近代的なリフトも導入されている。

「ユキノカミが出たぞ！」

城内に警戒の声が響き渡ったのは、日が落ちて、かなりの時間が経ったころだった。

城の後背には、雪で覆われた裏山があり、切り立った崖《がけ》が迫っている。

崖の上に空から何かが落ちてきた。ユキノカミだった。もぞもぞと雪の上を這《は》う動きは奇妙に鈍い。

「門を閉じろ！」

「急げ！」

緊迫した指示を聞きながら、あおいは城の裏手にまわった。

女性ながら、あおいは郷の警固士、つまり人間社会で言うところの警察官に近い役職に就いている鬼だった。目下のところ、あおいの最優先の仕事は、ユキノカミから郷の鬼たちを守ることだ。ユキノカミが現れた裏山に近い、城の二の丸へ向かう。二の丸には、ごつごつした裏山の崖に張りつくようにして複数の建物が築かれている。

中央にある二の丸御殿の階段をあおいは駆け上がった。二階の窓から見えたのは、裏山の崖の上から城の屋根に向かって落ちてくるユキノカミの姿だった。しかし、どうも様子が変だ。現れたユキノカミは、城の者を襲うでもなく、屋根の上でのたくっている。と思ったら、屋根の上からさらに別の屋根の上へ落ちた。そこはちょうど、あおいが今いる二階、外壁の横に張り出した片流れ屋根の上だった。そして、屋根に落ちるのとほとんど同時に、ユキノカミの体の一部が大きく膨らみ、次の瞬間、風船が割れるように長い胴体が弾《はじ》けた。

「！」

あおいは目を見張った。

弾けて形を失ったユキノカミの中から、何かが出てきた。

十代半ばと見える少年だった。固く目を閉じているところを見ると、意識を失っているのだろうか。雪が積もった片流れ屋根の上をずるずる滑る。とっさにあおいは二階の窓から出て、屋根の上に飛び乗った。滑り落ちようとする少年の手をぎりぎりのところでつかむ。見覚えのない顔だった。とはいえ、眼鏡をかけたその顔の額には一応、小さな角が生えている。

「大丈夫っ？」

「うっ……」

あおいが声をかけると、相手がうめいた。ただ、目は開かない。唇だけが動いた。

「ツ、ムギ……」

「ツムギ？」

その名はあおいも知っていた。しかも、今、その名を持つ少女のことは、郷でも結構な騒ぎになっているのである。

「あなた、ツムギを知ってるの？」

「……ごめん……」

続く言葉はあおいの問いの答えになっていなかった。意識が戻っていない。夢うつつの状態で口にしたのだろう。

あおいが考えこんでいると、城内から別の鬼の声がした。

「おい！　そいつは大丈夫なのか!?　ユキノカミから出てきたように見えたぞ」

「……まだ生きてるわ」

あおいは少年の脇の下に自分の手を入れた。ぐったりとした体を抱え上げながら、

「天守閣に連れていく」

一つ、はっきりしているのは、対処のしようがないということだ。

ユキノカミは自在に空を飛べる。しかし、鬼は飛べない。この如何《いかん》ともしがたい力の差は、たとえ相手が少数だったとしても、覆すことが難しい。まして、相手は一切のためらいなく、こちらを丸呑みにしようと襲いかかってくる。

「きゃあああっ！」

悲鳴を聞いたのは、少年を背負ったあおいが二の丸を出て、本丸、天守閣へ通じる通路を進んでいた時だった。

この辺りは頑丈な壁に囲まれた屋内というわけではない。空を飛ぶユキノカミに対して、かろうじて有効なのは、ユキノカミが破壊できない硬い壁の内側にこもること。しかし、移動するためには建物の外に出ないわけにはいかない。城外の集落から城に避難するにしても、どうしても危険な屋外に出る必要がある。

あおいたちの背後で、小さな子どもを抱いた一人の女性が、通路に積もった雪の上に座りこんでいた。その上空を飛び回る、ひときわ大きなユキノカミ。今あおいが背

負っている少年を吐き出したやつとは別のやつだ。

女性の横にはもう一人、男性の鬼がいた。こちらも子どもを片手に抱き、もう片方の手に持ったスコップを振り回している。女性の夫ではなく、あおいと同じ警固士だった。城に避難してきた親子を守っていたらしい。

「先に行け！」

そう言ったのは、ついさっき屋根の上であおいに声をかけてきた、いさみという名の鬼だった。こちらもまた警固士だ。

あおいは無言でうなずき、通路をさらに走った。そのあおいと別れたいさみの方は来た道を戻り、背後の親子のもとへ駆けつける。

「うわあああんっ」

母親の手の中で子どもが泣いていた。すると、それに反応したように、うねうねと上空を飛翔していたユキノカミが降りてきた。もう一人の子どもを抱いていた警固の鬼が、懸命にスコップを突き出し、ユキノカミを追い払おうとする。が、身をくねらせたユキノカミはそれを難なくかわし、母親へ迫った。

「うおおおおおっ！」

手に持った刺股《さすまた》を構え、いさみは横からユキノカミに突進した。今にも母親と子どもを丸呑《まるの》みにしようとしていたユキノカミの胴体に刺股を突き立て、二人から引き離す。

「立つんだ！」

恐怖のあまり悲鳴すらあげられなくなってしまった母親に向かって、いさみではなく、スコップを持った鬼が叫んだ。

「で、でもっ……」

「早く！」

子どもを守りたいのなら――というのは、もはや口にする必要もない言葉だった。

※

それらの騒ぎを、柊ははっきりと自覚していたわけではない。

ただ、ぼんやりと意識はしていた。

というのも、あおいはユキノカミの体内から出てきた柊を見て、気を失っていると思ったようだが、実は少し違っていたのだ。ユキノカミの腹の中にいた時はともかく、外に出た時の柊は完全に意識をなくしていたわけではない。目が覚めているとは到底言えない状態だったが、かすかに周囲のことを認識していた。深い眠りから覚める寸前の状態とでも言うべきだろうか。

そして、その状態も終わりがやってくる。

「……う」

自分のうめき声が、覚醒《かくせい》に向かって浮上する柊の意識をさらに押し上げた。

「うぅ……」

さらにはっきりと柊が声を出すと、それは柊を背負って走るあおいにも気づかれたようだった。

「目が覚めた？」

たずねられて、まぶたを開き、顔を上げる。

「なら、自分で走って」

すぐに背中から下ろされた。

「いくよ」

今度は手を引かれて走り出す。

頭の中はまだぼんやりとしていた。

けれど、走らなければいけないということだけは柊にも分かる。体も動く。ひどく寒かった。そして、その理由は通路をさらに進み、広い場所に出た時に、はっきりと柊の目にも映った。

夜空に浮かぶ月の下、雪に覆われた世界がそこにあった。

見える建物の全ての屋根は、こんもりと白い帽子をかぶり、そして、月が出ているというのに、雪が空から落ち続けている。理屈ではなく、ほとんど直感で、柊は自分がいまどこにいるのか悟った。季節は夏、けれど、雪に包まれた世界。そんなもの、柊が知る限り、ツムギが教えてくれたツムギの故郷しかない。

隠の郷――。

突然、夜空を白い影が横切った。

「！」

ユキノカミだった。が、少し形が歪《いびつ》だ。半透明の長い体の一部が膨らんでいる。その膨らんだ部分に、角の生えた鬼が取りこまれていた。柊からすれば知らない相手だったが、その鬼はあおいと同じ警固士のいさみだった。同じものを見たあおいが大きく目を開き、続けて「くっ」と顔を歪《ゆが》ませる。

食われたのだ。

おそらく、あの親子を守ろうとして、返り討ちにあったのだろう。

一度、唇を噛《か》みしめたが、走るあおいが足を止めることはなかった。そのあおいに手を引かれ、柊もまた走り続ける。

やがて、たどりついたのは巨大な仏閣にも見える建物だった。

正面にこれまた大きな入口と門があって、そこに門番の鬼がいる。

「こっちだ！　急げ！」

言われるまま建物の内に駆けこんだ。

「おい、大丈夫か!?」

ようやく立ち止まり、荒い息をつく柊とあおいに門番が声をかけてきた。応じたのはあおいだった。

「いさみが食われた」

「！　そうか、あいつまで……」

悔しそうな門番から柊の方へ、あおいが目を向ける。

「あなたには御前様に会ってもらうわ」

否《いや》とは言わせない。

そんな厳しさを含ませた声だった。

3

県道を走る車の後部座席に、ツムギは父のいずると並んで座っている。

運転席でハンドルを握っているのは柊の父、幹雄だった。ユキノカミにさらわれた柊を追いかけるツムギに向かって、「それなら自分の車に乗っていけ」と幹雄の方から申し出たのだ。

片側一車線の県道は混んではいないが、信号は結構多い。

焦りと苛立《いらだ》ちを隠せないまま運転を続けている幹雄の横顔を、ちらりと眺めやってから、いずるがささやき声でツムギにたずねた。

「ツムギ……さっきの話、本当なのか？」

「うん」

と、ツムギも小声で応じた。

「こっちで絵を見たの。ユキノカミに食べられた鬼が、どこか違うところで生きてるように見えた。……助けられるかもしれない」

それ以上の説明をツムギはしなかった。

いずるの方はしばらくの間、口を閉ざし、考えこんでいる様子だった。そうしてからまた運転席に目をやると、いずるはさらに声をひそめて、ツムギにこう言った。

「……彼を隠の郷には連れていけない」

今度はツムギが黙る番だった。もちろん、父の言いたいことは分かる。隠の郷は鬼たちの隠れ里。もとより、鬼ではない人間が簡単に侵入できる土地ではないが、そもそも人間に場所を知られること自体、郷の掟《おきて》で禁じられている。

車がゆるやかな坂道にさしかかったところで、ツムギは運転席の幹雄に声をかけた。

「ねえ、ちょっと。トイレ」

「え？」

バックミラーに映った幹雄が目を丸くした。

「今か？」

「我慢できないの」

切羽詰まったふうを装ってツムギが言い足すと、幹雄はしぶしぶ車を停めた。

素早く後部座席のドアを開け、ツムギは車から降りる。

「ったく……」

そして、ぶつくさとつぶやく幹雄の隙を見て、いずるも車から飛び降りた。

「あっ！　おいっ、ちょっと待て！」

気づいた幹雄はあわててシートベルトを外して追いかけようとした。が、そこで、けたたましいクラクションの音が鳴り響いた。停車した幹雄の車の後方に、あとからやってきた車が列をなしている。

「くそっ、なんだってんだ！」

ハンドルを握り直しながら、幹雄は怒鳴り声をあげた。

※

そこはまるで、遺跡のようにも見える場所だった。

人の手で削られた山肌。山の一部が絶壁となり、自然の谷ではありえない、ビルの狭間《はざま》のような空間を山の麓《ふもと》に作り出している。

石切り場なのだ。

かつてはここから多くの石材が切り出され、町へ運ばれていた。が、今はもう使われていない。長い間、放置された結果、近づく人間もほとんどいなくなっている。

幹雄の車から逃げ出したツムギといずるが落ち合ったのは、そんな古い石切り場の一角だった。

「お待たせ」

そう言って現れたツムギの姿を見ると、いずるは背を預けていた壁から身を起こした。

「本当に行くのか？」

「とーぜんでしょ」

父の問いに、ツムギはきっぱりと答えた。

いずるは一度だけ頭上の暗い夜空を振り仰いだ。そして、着ていた自分の上着を脱ぎ、ツムギに投げて寄《よ》こした。

「それを着ていけ」

二人が今から向かうのは、鬼たちが住まう雪降る町、隠の郷。

外の季節は夏だが、郷に夏らしい夏は訪れない。

「行くぞ」

いずるが歩き始めた道の先には、小さな入口があった。

削られた山の麓にぽっかりと開いた洞穴のような入口だ。天井からは白い注連縄《しめなわ》が垂れ下がっていて、注連縄の先は山の底に延びる長い地下道になっている。

地下道を抜け、山向こうに出れば、そこが隠の郷なのである。


静まり返った階段に、二人の足音はよく響いた。

この地下道は、一度深く地の底に潜った後、長い階段を上って、郷と外界を分ける関所とでも言うべき門につく。

「俺の知っていることは少ない」

郷の門へ続く階段を上がりながら、ツムギの前を行くいずるがそう言った。

「まずは御前のところで事情を聞くぞ」

ツムギは無言でうなずいた。

地下道に入った後、ツムギはいずるからほんの少しだけ母の話を聞かされていた。

「死んで……ない？」

「ああ。あいつは、しおんはちゃんと生きている。ただ――」

今はどうしても為《な》さなければならない「おつとめ」を果たしている最中なのだという。

「おつとめって？」

「それは……いや、それも御前を交えて話そう。事情を俺以上に深くご存じなのは、あの方だ」

そう言われて、ツムギも口をつぐんだ。いずるの言葉に納得したわけではなかったが、確かに今は優先すべきことが他にあった。後でちゃんと話してくれるというのであれば、それでいい。

地下ではあったが、辺りは決して暗くなかった。

というのも、壁にはちゃんと電灯が設置され、階段を照らしているからである。真昼のようにとはいかないが、段差につまずくことはない。

そうして、二人は階段の頂上にたどりついた。

地上への出口だ。そこには寺社の山門めいた古めかしい門が築かれていた。ただし、門の戸は普通の戸ではなかった。太い木の柱を組んで作られた回転柵《さく》が、戸の代わりに設置されている。横に何本も延びた柱と柱の隙間は狭く、柵を回さない限り、門の外には出られない。

先を歩いていたいずるが柵を回して、門を通りぬけようとした。しかし、いずるが柵の内側に入ったところで、半分回っていた回転柵がいきなり「ガンッ」という音を立てて、動きを止めた。

「え……なんだ?」

「どうしたの?」

「途中で止まって――」

いずるが言いかけた時、今度は突然、別の場所から扉が開く音がした。

門の脇にあった詰所だった。

こちらの戸は門と違い、何の変哲もないスチール製のドアである。そのドアが横に滑ると、無人と思えた詰所の中から、二人の男性が出てきた。無論、どちらの額にも角があった。どうやら気配を殺して中に隠れていたらしい。

「え……なに?」

「いずる!」

振り向いて身構えるツムギの頭を飛び越して、回転柵の内側にいるいずるへ鋭い声が投げつけられた。

「戒厳令下に郷を出た罪、分かってるな?」

いずるは顔をしかめた。

「急いでるんだ。ここから出してくれ!」

詰所から出てきた二人の鬼の顔は、ツムギも見覚えがあった。どちらも郷の警固士だ。先頭に立つ一際大柄な鬼は、名をゆきむらと言い、父とは同い年のはずである。

そのゆきむらは、こちらも険しい表情を浮かべたまま、

「いいだろう。出してやるが、朝まで拘禁することになる。もちろん、ツムギも一緒に来てもらうぞ」

そんな——とツムギは言い返そうとしたが、そこで、父のささやき声が耳朶《じだ》を撫《な》でた。

「……ツムギ、俺一人、捕まっても何とかなる。先に行け」

こちらに近づいてくる二人には聞こえない程度の声だった。ツムギも小声で言葉を返した。

「……でも」

いずるの目が門の上をちらりと見た。門の回転柵は頑丈だが、その上には梁《はり》が渡さ

れている。そして、梁の上にある門の屋根と梁の間には、いくぶん隙間があるのだ。

「……お前なら、あの隙間も通れるだろう」

「お急ぎのところ悪いがな」

この声は近寄ってくるゆきむらが発したものだった。

そこに、いずるの鋭い合図が重なった。

「行け！」

無論、ツムギはタイミングを見誤ったりしなかった。父の合図に従って、門の回転柵に飛びつく。柵はいずるを閉じこめる檻《おり》となって、その動きを止めていたが、それ故にツムギがよじのぼるのも難しくはなかった。

「あっ！　待て！」

ようやく意図を察したゆきむらが、あわてて駆け寄ってきた。手には先端が半円に歪曲《わいきょく》した刺股《さすまた》がある。回転柵をよじのぼって逃げるツムギに突き出そうとするが、いずるが柵の内側から腕を伸ばして刺股の柄をつかんだ。

「くっ」

いずるが妨害している間に柵を上がりきったツムギは、梁の上の隙間をくぐり抜けた。

門の外に飛び下りると、すぐさま雪で覆われた外の道を走り出す。

その先には郷の城がある。

4

緩やかに傾いた板張りの廊下を、柊は歩いていた。

城の上に向かって延びる廊下はまるでスロープのようだ。横には落下防止用の手摺《てすり》も設置されている。ただし、ここは完全な屋内というわけではない。

城の外廊下なのだ。

屋根が張り出しているので、廊下が一面、雪に覆われているようなことはなかった。

「御前様は厳しい方よ。失礼がないようにね」

そう言ったのは、柊の前を行くあおいだった。そして、柊の横には見張りなのか、もう一人、さっきの門番がぴたりと張りついている。

あおいの声を耳に入れながらも、柊は意識を自分の周囲に向けた。

この建物は城の天守閣らしかった。

外から見た時はまるで巨大な仏閣のようだと思ったが、中の様子はそのイメージとは少し違っている。何より、完全に密閉された空間というわけではない。こうして外気に触れる外廊下もあるし、同じように屋外に設置された階段もある。それは言い換えると、空を飛んで襲いに来るユキノカミに対して、決して鉄壁ではないということでもあるのだろう。そのせいか、今は屋内に繋《つな》がるいくつかの戸の前を、物理的に塞《ふさ》ごうとしているようだった。さらには外廊下の屋根の先に、頑丈そうな金網もかけている。もちろん、作業を行っているのは全て、額に角を生やした鬼たちだ。

「よし！　一気に運び込むぞ」

「せーのっ！」

土嚢《どのう》らしきものを担いで走りまわる鬼。金網に引っかけたロープを掛け声と共に引っ張る鬼。こうして改めて見ると、ツムギがそうであったように、額の角を除けば、その姿は普通の人間と何も変わらなかった。いや、そもそも、本音を言えない人間がやがて鬼になるのだとすれば、鬼が人と大差ないのも当然なのだろうか。しかし、だとすれば、鬼と人間の違いとは一体、何なのだろう？

「着いたわ」

あおいの声が、柊を沈思から引き戻した。

そこは天守閣の中でも、かなり高いところにある部屋だった。

両開きの戸が開いて中に見えたのは、広々とした空間。大広間らしい。四十畳以上はありそうな部屋のあちこちに、掘りごたつや囲炉裏が設置されている。まるで古風な集会場のような場所だ。正直に言えば、柊の頭はまだ混乱していた。自分があの河川敷でユキノカミに食べられたことは、うっすらと覚えている。しかし、なぜ、こんなところに来たのか。そもそも、食べられたはずなのに、なぜ自分は無事なのか。そのところがどうにも思い出せない。

外廊下に比べると、大広間の中は暖かった。

奥にある囲炉裏の一つに火がくべられている。

その囲炉裏の前に、誰かが座っていた。香ばしい香りが柊の鼻をくすぐる。囲炉裏で餅《もち》を焼いている女性がいるのだ。顔に刻まれた深い皺《しわ》といい、曲がった背といい、かなり歳をとった女性だった。どうやら、あれが御前と呼ばれる鬼たちの指導者らしい。火箸《ひばし》で餅をつつきながら、囲炉裏の周囲に立つ、若い鬼に何やら言葉をかけている。

「そうね。まだ、ここの薬には余裕があるわ。医療班の到着を待たずに、現場の方へ。警備班からも同行させるわ」

囲炉裏の近くにはホワイトボードが置かれていて、一人の女性が御前の指示をボード上の城内図に書きこんでいた。――そう。ホワイトボード。柊からすると意外だったが、この城で用いられる道具の一部は、柊が暮らす現代社会とそこまで違いはなかった。

「では、引き続き警戒にあたってください」

ホワイトボードにさらさらと文字を書きつけた女性が振り返って言った。これは囲炉裏の前に座る御前に向けての言葉ではなかった。囲炉裏を挟んで逆側に立っていた鬼への指示である。「はい！」と力強く返事をしたその鬼が、御前に一礼して下がり、大広間を出ていく。

「行くよ」

あおいがささやき、広間を出ていく鬼と入れ替わるようにして、柊たちは大広間の中を進んだ。

御前の方は見向きもしなかった。その目は赤く焼けた金網の上で丸く膨らんでいく餅に向けられている。

「わあ、すごい。見て、とうこさん。こんなに大きく」

「これは立派ですね。最高記録じゃないですか？」

「そうよねえ。食べるのがもったいないくらい」

ホワイトボードのそばに立つ女性と話す御前の声音は、のんびりとしたものだ。

そこへ、囲炉裏の前まで進んだあおいが口を挟んだ。

「ご報告です。先ほど、この少年が空から現れた――」

「ユキノカミから出てきたって聞いてるわ」

やはり報告するあおいの顔を見もせず、こともなげに御前は続く言葉を自分で口にした。

「あ、はい」

「でも」

そこでやっと御前の視線が動く。ただし、見たのはあおいではない。あおいの横に立つ柊だった。

品定めするような瞳《ひとみ》に柊の顔が映り、

「見ない顔ね。半端な感じ。鬼になったばかりかしら」

「え？」

これには柊も声が出た。

御前の目は自分の額に向けられていた。誘われるようにして、柊も額に手をやる。そして、初めてそれに気づいた。

「あ……角……」

にょっきりと突き出た角。

角度的に自分の目で見ることはできない、しかし、それでも触った感触から、コブではないことくらい柊にも分かる。

不思議と、あまり驚く気分にはなれなかった。

ツムギから、そのうち自分は鬼になると聞かされていたせいもあったからだろうか。

そんな柊の様子をじっと観察していた御前が、また金網の上に視線を落とした。

「入口が別にあるのに、空から入ってくるなんてやるじゃない。なんでユキノカミから出られたの？」

「え……？」

その質問は柊の方こそ、誰かに聞きたいことだった。大体、ユキノカミに食われていた時、柊は間違いなく意識を失っていたのだ。御前の言葉からすると、自分を食ったユキノカミは空を飛び続けたあげく、あの雪山を越えて、この隠の郷にやってきたらしい。ただ、そのこと自体、柊は覚えていない。

答えられずにいると、御前が言葉を重ねた。

「ユキノカミが消えて、あなたが出てくるのをこの子たちが見たんですって。どうやって出られたのか、思い出せる？」

「それは……ユキノカミに食べられて。すごく寒くて……」

そこで、記憶の中から一つ、ぼんやりと覚えていることを引っ張り出した。

「誰かの声が聞こえたような――でも、分かりません……」

御前がもう一度ちらりと柊の顔を見た。そうしてから、焼けた餅を火箸でつかみ、手元の皿に移した。

皿の上には海苔《のり》が敷かれていた。餅に海苔を巻きながら、御前は話を続けた。

「ユキノカミはね。隠の郷を雪で覆って、私たちを人間の目から隠してくれる守り神と言われてたの。それがこんなふうに私たちを襲うようになるなんてね」

今度は独り言を口にしているような御前の口調だった。柊が何も言えず黙りこんでいると、くるくると海苔を巻いた餅を、御前は自分の口に運ぶ。

「おいしい」

静まり返った大広間に、場違いなほど楽しげな声が響いた。

※

座っていいと言われたので、柊は近くにあった掘りごたつの一つを選んで、畳の上に座りこんだ。

自分をここまで連れてきたあおいの姿は、もう近くにない。

御前から下がるようにと言われて、大広間を出ていったのだ。残っているのは御前と柊と、そして、あのホワイトボードに御前の指示を書きこんでいた女性。こちらは御前の側近役を務めている鬼のようだった。名を、とうことというらしい。

大広間はあいかわらずしんとしていた。

うつむき、長い間、考えこんでいた柊はやがて顔をあげて、ぽつりと口を開いた。

「あの……」

「何か思い出した？」

間髪を容《い》れず御前がたずねてくる。

その御前のしわだらけの顔を見返してから、柊はまた少し下を向いた。

「ユキノカミの中で……夢を見てたような気がします。お面と――」

そちらを見ていなかったが、囲炉裏の前に座っていた御前が一瞬、身じろぎをしたように柊は感じた。気のせいだったのだろうか。

「お面と鈴の音……ユキノカミが何匹も飛んでいて、女の子が雪を見てました。それから……女性の声で『一人にしないで』って」

いや。

それだけではなかったはずだ。

確か最後に、

「あと、『ツムギ』って――でも、ツムギって呼んだのは僕かもしれない……分かりません」

そこの部分は、本当に記憶が混濁していて曖昧《あいまい》なのである。まるで、夢の中にいる別の人間と、自分の意識が――いや、というより「想い」とでも言うべきものが重なり合ったような感覚。何度思い返してみても、ツムギの名を呼んだのが自分だったのか、あの女性だったのか判然としない。

もやもやした気持ちを抱えこんだまま、柊が口をつぐんでいると、小さくため息をつく音が聞こえた。

御前だった。

続けて、

「これも報いかしらね……」

え、と柊は再び顔を上げた。

御前の目は柊に向けられていなかった。自分の手元を見ている。その御前の前に、ことりと何かが置かれた。湯気をあげるお茶が注がれた湯呑《ゆのみ》。とうこという名の鬼が差し出してきたものだった。

御前はゆっくりと湯呑を手に取った。

「隠の郷の奥の奥、鬼ヶ島《おにがしま》の中には社があるの」

その言葉は柊からすると、やや唐突だった。

目をぱちくりさせていると、御前はまるで、柊に言うというより別の誰かに語りかけるかのように、淡々と話を続けた。

「ユキノカミの依代《よりしろ》になってる神成《かんなり》の面が祀《まつ》られているわ」

「神成の面……?」

「そう。魂呼《たまよ》ばいの面とでも言うべきかしら。ユキノカミの核となり、現世にないその神威の魂を呼び寄せる。呼び寄せられたユキノカミたちは、面にこめられた『意思』に従い、郷に雪を降らせる。人間たちからこの町を隠すためにね」

「なんで……この町を隠さなきゃいけないんですか？」

「鬼になったあなたなら、少しは分かるかしら。自分の気持ちを押し殺して生きることしかできない子は、どの時代にも、どこの国にもいるものよ。そんな子たちが自分らしくいられる場所が必要なの。あたしはここを何としても守らなくてはいけないのよ」

逃げ場として――という意味なのだろうか。

確かに、家にいた頃、柊も父の圧迫から逃げたくなったことはある。押しつけてくる相手に対して言い返せない人間は、逃げることしかできないのかもしれない。

ただ……と、そこで、柊は思う。

では、逃げて鬼になり、この隠の郷に来れば、その人は御前の言うように自分らしくいられるようになるのか？

ふと、柊の脳裏に日枝神社で見た、ツムギとツムギの父の姿がよぎった。

もちろん、柊は隠の郷での生活がどんなものなのか、詳しく知らない。けれど、ツムギの話を聞いていると、そこは降り続ける雪に覆われた世界という点を除けば、人の世界とさほど変わらないようにも思える。大体、鬼になって、この郷に来たとしても、そこには結局、自分以外の鬼、つまり「他者」が間違いなくいるのだ。誰もが一人では生きられない。どこかで妥協しなければならない、自分以外の誰かと共にいるしかいない。ならば、御前の言うように「自分らしく」ありたいのであれば、必要なのは隠れ住むことではなく、もっと別のことのような気がする――。

そんなことを柊がぼんやり考えていると、不意に大広間の端から別の声があがった。

「ふーん」

「え……？」

さすがに柊は驚いた。

その声は御前でも、そして、側近のとうこのものでもなかった。だが、聞き慣れた声だった。この場にはいないと思っていた相手の声。振り向くと、開いた戸から、小柄な影が大広間に入ってくる。

「その面を壊せば、ユキノカミがいなくなるってことでＯＫ？」

ツムギだった。

別れた時と同じ姿ではない。温かそうな上着を羽織っている。問いかけの言葉と眼差《まなざ》しは柊ではなく、御前に向けられていて、どちらも普段のツムギらしくなく、少し冷《さ》めているように柊には感じられた。

「戻ったのね、ツムギ」

御前は御前で、突然現れたツムギに対して驚いた様子もなく、言葉を返した。あるいは、ツムギがそこにいて自分たちの話を聞いていたことに、最初から気づいていたのかもしれない。ということは、さっきの鬼ヶ島と神成の面の話、本当は柊に聞かせたかったのではなく、ツムギに聞かせたかったのだろうか。

ツムギの方はそんな御前に改めて一瞥《いちべつ》をくれてから、柊に近づいてきた。

「柊、ここにいたんだ」

今度はいつものツムギだった。勝ち気そうな顔にほっとしたような笑みが浮かんでいる。

「ツムギ」

柊もまた笑顔で、自分の前に立ったツムギの顔を見上げた。

そこへ、御前が口を挟んだ。

「面を壊す……そんなことをしたら、隠の郷が隠の郷じゃなくなっちゃうわ」

「このまま誰もいなくなって、町だけが残ったって意味があるかな？」

振り向かずにツムギは言い返し、今度は柊の額のそれに視線を向けた。

「柊、鬼になったのね」

「うん」

うなずく柊に向かって、ツムギは手を伸ばしてきた。そっと、柊の角を手で触る。ほんの一瞬、目の前にあるツムギの顔に、笑みだけではない何か別の表情が浮かんだように柊には見えた。だが、その表情にこめられた感情を柊が察する前に、ツムギはまた明るく笑い、こう言った。

「柊、お腹すいてない？　何か食べようか。――御前様、食料庫の食べ物、いただいていい？」

柊は知らなかったが、それは中々に大胆な発言だった。というのも、今のツムギは無断で郷を抜け出した者として、父のいずる同様、郷の警固士たちに追われている立場なのである。今も城の内外では、ツムギのことを捜しまわっている警固士がいる。当然、警固士たちの頂点に立つ御前もそのことを知っているだろう。その御前に向かって、こういう頼みをするというのは、言外に自分たちの罪は不問にしろと要求しているに等しい。

囲炉裏の前で、御前はわずかに眉《まゆ》を動かしたようだった。

だが、ほんの一瞬、瞳《ひとみ》に苦笑めいた表情をよぎらせると、御前は小さく首を縦に振ってみせる。

ツムギは柊に向かって手を伸ばした。

「いこっ、柊」

「ツムギ、あなた、行かないわよね？」

柊の手を引いて大広間を出ていこうとするツムギに向かって、御前が確かめるようにたずねてきた。

ツムギは何も答えなかった。


二人の姿が大広間から消えると、囲炉裏の前で御前はふっと小さく息を吐いた。

手にした火箸《ひばし》で炭をつつきながら、

「とうこさん。あの子たちのこと、お願いね」

「はい」

箸の先で、赤く焼けた炭が割れて二つに砕けた。

5

食料庫は天守閣の地下部分、奥まったところにあるらしい。

斜めに傾いた廊下を、柊がツムギと並んで下っていると、天井に設置されたスピーカーから校内放送のような声が流れてくることもあった。この城は今、ユキノカミに対する防備を固めている最中だ。その作業の指示だろう。内容はまったく違うが、幼いころ、母方の祖母が住む家で聞いた防災無線のようだと柊は思う。

「柊、ごめんね。私、ひどいこと言っちゃった。公園で」

廊下の途中、振り向いたツムギがそんな言葉を口にし、柊は目をしばたたかせた。すぐに「いや」とかぶりを振り、

「僕も……ごめん。ツムギに自分の気持ちを押しつけてた」

「はい！　ごめんなさいよー」

この威勢のいい声はツムギでも柊でもない。前方からやってきた中年女性が発したものである。女性は両手で大きなカートを押していた。カートの中身は大量の洗濯物のようだった。柊もツムギもあわてて廊下の端に寄ってカートを避《よ》けた。その横を女性はきびきびとした動きで通り過ぎていき、見送った二人は互いの顔を見合わせてから、クスリと笑った。深刻な話になりかけたところに乱入されて、かえって肩から力が抜けたのだ。

さらに廊下を下っていくと、途中からは廊下が階段になった。

階段を下りた先にはいくつかの部屋があった。堅く閉じられた大きな両開きのドアの先にあるのは、城に逃げこんできた鬼たちを収容する地下のシェルターらしい。だが、階段はそこで終わりではない。もう少し続く。階段を降りきると、最下層には地

下通路が延びていた。それなりに幅のある通路の途中に小さめの扉があるのが見える。どうやらあれが食料庫の入口のようだった。

歩きながら柊は口を開いた。

「ツムギは鬼ヶ島に行くんだよね？」

「え、行かないよ」

前を行くツムギからはそんな答えが返ってきたが、もちろん柊は信じない。ユキノカミの依代《よりしろ》になっているという神成の面。「その面を壊せば、鬼を襲うユキノカミも消えるのか？」とツムギは御前にたずね、御前はその問いを否定しなかった。ならば、ツムギの考えていることは、柊にも分かる。

「僕も行くから」

「！　だめだよっ。柊は来ないで！」

「ツムギと一緒にいたいんだ」

「でも……」

言いかけたところで、ツムギは口をつぐむ。

やがて、二人はその扉の前にたどりついた。

「ここが食料庫。すぐに食べられるものもあると思うから」

言いながら、ツムギが扉の取っ手を摑《つか》んで押した。重そうな音を立て、扉が内に向かって開く。

「おお」

柊は思わず声をあげた。扉が開く前は、暗い貯蔵庫のような場所を想像していたのだが、中はそうではなかった。自動でそうなる仕組みなのか、扉が開いた途端、明るい電灯がつき、広々とした室内の様子が目に飛びこんでくる。天井から大量につるされた干し肉、魚。棚に所狭しと収められているのは、長期保存可能な餅《もち》やチーズの類《たぐい》だろうか。床の上には漬物用の大きな甕《かめ》も並んでいる。

「さあ、入って入って」

「すごい！　こんなにたくさん」

ツムギに促されるまま室内に足を踏み入れ、柊は周囲を見回した。

「ツムギ、これ――」

自由に持ち出していいのか。

そう、柊がたずねようとした時だった。

突然、背後でガシャンという音がした。

「え？」

振り返ってみると、たった今開いたはずの扉がまた閉まっていた。そして、ツムギの姿は室内にない。

「ツムギ？　どうしたの？」

問いかけたところで、ようやく柊は気づいた。だが、その時にはもう遅かった。扉の向こうで金属がこすれ合う音がする。

「あ……ツムギ！」

あわてて駆け寄った扉は開かなかった。見たところ、鍵《かぎ》などはない扉だ。おそらく、外の取っ手に棒のようなものを引っかけ、扉を封じたのだろう。押そうが引っ張ろうが、がんとして開かない扉を力いっぱい叩《たた》いて柊は叫んだ。

「ツムギ！　ドアを開けて！　ツムギ！」

「……ごめんね」

閉じた扉の向こうから、そんな声が返ってきた。

「やっぱり連れていけない。柊はまだ戻れると思う」

戻れるというのは、鬼から人に戻ることができるという意味なのか。それとも、この隠の郷から人間の世界に帰還できるという意味なのか。

「そんな……僕はツムギと一緒なら！」

「だから、ここにいて」

つぶやくように言ったツムギの声がわずかに湿ったようだった。

「柊……柊に会えてよかった」

そんな言葉だけを残し、ツムギの気配は扉の向こうから消えた。

何度体当たりしても無駄だった。

肩の骨が折れそうなほどのタックルさえ、あっさりとはね返され、さすがに柊も扉から外に出るのをあきらめた。扉が無理なら、他の出口を探すしかない。辺りを見回す。

上を見ると、壁に換気扇が設置されていた。あれを丸ごと取り外せば、外に出られる穴になるかもしれない。焦る気持ちを抑えて、柊は食料庫の奥から足場になりそうな樽《たる》を運んできた。

(ツムギ……)

鬼ヶ島というのがどういう場所なのか、柊はよく知らない。

だが、島というだけあって、おそらく城の外にあるのだろう。ツムギは間違いなく、神成の面とやらを壊して、ユキノカミを消すつもりだ。しかし、城の外にいるあの大勢のユキノカミたちが大人しくそれを見過ごしてくれるだろうか。とてもそうは思えない。

運んできた樽の上によじのぼり、柊は換気扇の枠に手をかけた。見たところ、人間い。

の世界の基準で言えば、かなり古いタイプの換気扇だった。はめ込み式の枠はしっかりとネジで壁に固定されている。ドライバーでもないと取り外すのは無理かもしれない。

しかし、柊がそう思った時、換気扇の隙間から物音が聞こえた。足音だった。誰かが外の通路をこっちに近づいてくる。足音から察するに小走りだ。ツムギではあるまい。城の鬼かもしれない。ともあれ、この際、誰でも良かった。

「誰かーっ。外にいるなら、ここを開けてください！」

換気扇の隙間に口を寄せて、柊は叫んだ。すると、小走りだった相手の足音がやんだ。続けて、今度は歩く足音。離れてはいない。近づいている。

「誰かいませんか！　ここを開けてください！」

叫ぶだけでなく、柊は壁を両手で叩いた。すると、相手は食料庫の扉の前で立ち止まり、押し殺したような低い声でたずねてきた。

「……君は誰だ？」

「柊と言います！　すみません、ここを開けてください！」

「ああ、柊くんか！」

警戒している様子だった声の調子が明らかに変わった。

「無事だったんだな」

「ツムギのお父さん？」

柊には聞き覚えがあった。

「え、その声……」

※

柊も驚いたようだが、こんな場所で柊と出くわしたことを意外に思ったのは、いずるも同じだった。

郷の入口で娘を逃がしたいずるは、ゆきむらたち警固士に一度は捕らえられた。だが、その後は隙をついて、いずるも彼らの手から逃げ出した。城に向かったツムギを追っていずるが潜りこんだ場所が、この食料庫のある区画だったのである。しかし、ここは城の客人を通すような場所ではない。不審者を捕らえて放りこんでおく牢《ろう》でもない。

「どうして、そこにいるんだ？」

いずるがたずねると、やや間をおいて扉の向こうから柊の答えが返ってきた。

「ツムギに……閉じ込められました」

「ツムギはどこに行ったんだ？」

「ツムギは」

また、柊の声がしばし途切れた。

「ここから出たら、教えます……」

いずるは小さく息をついた。

大体の事情を察したからだった。

「柊くん」

と、語調を改めて、

「ツムギは君を助けるために郷に戻ってきたんだ。その君をここに閉じこめたということは」

「…………」

「これ以上、君を巻きこみたくないんだろう」

ユキノカミの目的はきっと、鬼を食べることじゃない。

連れ去ることなんだ――。

いずるにそう告げたのはツムギである。

話を聞いた時は半信半疑だったいずるも、今はツムギの言葉をかなりの部分において正しいのではないかと思うようになっている。何よりいずるが郷で見た、鬼たちを襲うユキノカミの姿がそうなのだ。あれはどう見ても捕食ではない。何か別の目的がある。ただ、どんな目的があるにせよ、ユキノカミが危険でないかというと、そんなことはない。ユキノカミに食われてさらわれた郷の鬼たちは、誰一人として戻ってきていない。

「ツムギの気持ちを分かってやってくれ」

いずるが静かな口調で諭すと、扉の向こうにいる柊は再び黙りこんだ。

そして、城内の別の場所で、ささやかな出来事が起こったのは、そんな時だった。

※

「あれ？　お姉ちゃん、何か聞こえるよ？」

城の食料庫からほど近いところにあるシェルターの中で、じゅんはそう言って、隣にいる姉のほまれの顔を見上げた。

今、この城には、郷の鬼の多くが逃げこんできている。大人たちは真剣な顔で何やら話をしていたが、幼いじゅんやほまれはそうではなかった。普段は中々来ることのない城の中は、子どもにとって物珍しい。はしゃいで遊んでいたら、その声を聞いたのである。

「……柊くん。ツムギは君を助けるために……」

そこはシェルターと上下の階を繋《つな》ぐエレベーターの前だった。エレベーターの入口のわずかな隙間からだ。遠くで誰かが話す声が、途切れ途切れに聞こえてくる。

弟に言われたほまれは首をかしげ、ふと思いついて、エレベーターの横にあったボタンに手を伸ばした。

この城の内部には非常時に備え、各所からの報告や指示が即座に伝わるよう、スピーカーと連結した伝声管が網の目のように張り巡らされている。

ほまれが押したのは、スピーカーをオンにするスイッチだった。伝声管を通じて、外の声を拾うためのスピーカーだ。当然、押した瞬間、

「……ツムギの気持ちを分かってやってくれ」

スピーカーからその会話が流れ出た。

「え――」

「なんだ？」

シェルター内にいた鬼たちが口々に言って、壁に設置されたスピーカーを見上げた。

※

「僕は――」

換気扇の下に置いていた樽の上から下りると、柊は沈黙を破って再び口を開いた。

「ツムギの気持ちを大事にしたいと……そう思ってます。でも、自分の気持ちも同じくらい大事にしたい」

閉ざされた扉の向こうで、いずるは何も言わなかった。

柊は言葉を重ねた。

「僕は今まで何をするにも、自分の気持ちを隠して、周りに合わせてばかりでした。それが当たり前になってて、おかしいとも思わなくなってた。でも……ツムギと出会って、一緒に旅をして。自分の気持ちを信じることの大切さを教えてもらった気がします」

ほんの数日の出来事だ。

それでも、この数日、ツムギと共に経験したことは柊の胸に強く焼きついている。慣れないヒッチハイク、旅館で働いたこと。うまくやれたこともあれば、できなかったこともある。伝えたいことが伝えられず、ツムギと言い争いになったこともある。

最初はほとんど成り行きだった。

夜のバス停で困っているツムギに声をかけたことも、その後、母親を捜して日枝神社に向かうツムギに同行することになったことも。

だが、その中で確かに芽生えた気持ちが、今の柊の中にはあるのだ。

「僕はツムギを助けたいっ」

はっきりと柊は言葉にした。

「誰かに言われたからじゃない。僕の本当の気持ちなんだ。役に立たないかもしれない。死んじゃうかも……でも、ツムギのそばにいたいんだ！」

静まり返った食料庫に自分自身の声が反響する。

それを聞きながら、柊は目の前で閉まった扉に向かって、深々と頭を下げた。

「お願いします！　ここから出してください」

柊にとって静寂の時間はひどく長いように思えた。が、実際はすぐだったのかもしれない。

扉の向こうで、カランと何かが外される音がした。

そうして、ゆっくりと扉が開いた。

開いた扉の先に立っていたのは、微笑を浮かべたいずるだった。

「行こうか、柊くん」

頭を上げた柊はその瞳《ひとみ》を見返した。こちらも笑顔になって、力強くうなずく。

そうして、二人で地下の通路から、上の階に繋がる階段を上っていくと、意外な光景がそこに待っていた。

「え……何？」

多くの鬼たちが、階段を上がってきた柊といずるの前に並んでいた。食料庫の上の階にあったシェルターのすぐそばだ。ただ、彼らの目当てはいずるではなかったらしい。その証拠に、

「俺が案内してやる」

一人の体格のいい男性が鬼たちの中から前に出て、快活な声を柊にかけてきた。

「え……あ、ありがとうございます」

「これ着てけ」

戸惑いつつも礼を述べる柊に、男性は持っていた分厚いコートを羽織らせた。男性ばかりではない。別の女性も近づいてきて、柊の首にマフラーをかける。

「ほら、これも」

「あ、どうも」

女性のそばには、小さな男の子とそれよりは少し背の高い女の子の姿もあった。

「お兄ちゃん、がんばって」

「死なないでね」

柊からすると何が起こっているのか、さっぱり分からなかった。が、どうやら、さっき自分がツムギの父にした話、ここに集まった鬼たちは全て聞いていたようだ。

鬼たちの手で防寒着を着せられた柊の肩に、やはり笑みを浮かべたいずるが手を置

いた。

「よし、行こうか。柊くん」

「はい。――みなさん、ありがとうございます！」

周囲に立つ多くの鬼たちに向かって、柊は深々と頭を下げた。


ぼんやりとした明かりで照らされたガレージには、ソリのついた乗り物が何台も並んでいた。

スノーモービルだ。

すでにエンジンがかけられた機体もあり、一人の女性がシートにまたがっている。

その横顔を見て柊は小さく「あ」とつぶやいた。

女性はこの城にやってきた時、柊のことを助けてくれたあおいだった。

「悪かったな。急に呼び出して」

城の地下からここまで柊を案内してくれた男性が、あおいに声をかけた。

「別に。ちょっと気になってたし」

応じながら、あおいの視線がちらりと男性の後ろにいる柊に向けられた。「どうも」と柊は会釈する。

「いずるさんはこっち！　柊くんはそっちに乗って」

「はい！」

男性の指示で、柊はあおいの運転するスノーモービルに同乗することになった。

「お願いします！」

駆け寄りながら柊が言うと、運転席に跨《また》がったあおいはもう一度、柊の方を振り向いた。

「ツムギには会えた？」

「あ、はい。でも、置いてかれちゃいました」

するとあおいはどこか楽しげにも見える笑みを浮かべてみせた。そして、こう言った。

「あら、追いかけるのもいいものよ」

並んだスノーモービルの先で、閉ざされていたガレージのゲートがキュルキュルと音を立てて開いていく。

途端に外の寒風がガレージ内に吹きこんできた。

「行くよ！」

前を向いたあおいがアクセルを吹かす。後ろに座った柊も表情を引き締める。

そうして、スノーモービルは城の外に広がる夜の雪原へ向かって滑り出した。

五逆さ雪

I

月の光を雪が反射するせいか、辺りは意外に明るい。

細く延びた道は、まるで氷の壁に挟まれているようでもあった。

雪山の一角に生まれた、おそろしく深いクレバス。

その底に道があるのだ。

「はあ……はあ……ここを抜ければ、確か参道のはず……」

道を進むツムギの息が切れていた。辺りに降り積もった雪はそう多くない。走れないような道ではなかったが、かといって、まったく滑らないというわけでもない。

――鬼ヶ島。

その名で呼ばれる場所は、隠の郷に住む鬼たちにとって一種の聖地である。位置は、隠の郷の周囲に連なる雪山の奥深く。山間《やまあい》に作られた参道の先にある。途中まではスノーモービルでも行けるが、参道は雪山に生まれた、この巨大クレバスの底にある間道を抜けた先にある。間道にはスノーモービルでは降りられず、徒歩しか選択肢はない。

細い間道を進み続けたツムギの前に、ようやく開けた空間が迫ってきた。

あれが参道だ。

ツムギが今いるこちらの道よりさらに明るく見える。道の幅が広く、上からの光が多く入りこんでいるせいだろう。間道から、ツムギはそちらへ出た。だが、そこでハッとして一度足を止めた。

頭上に嫌な気配を感じたからだった。

道を挟む氷の壁の表面に、半ば透き通った、青白い何かがへばりついている。

（ユキノカミ……！）

それも一体ではない。三体。能面めいた顔がこちらを向いたかと思うと、ひときわ大きな一体のユキノカミが跳ねて飛んだ。長い体をくねらせ、一気にツムギに迫る。

「！」

とっさに前に転がり、ツムギはユキノカミの突進を避《よ》けた。頭の上をかすめていくユキノカミ。間一髪避けられたが、そこへ別のユキノカミが襲いかかってくる。

「くっ……！」

いちいち相手をしていたら、きりがない。

起き上がったツムギは後ろを見ずに参道を駆け出した。

※

木組みの階段は、巨大なクレバスの中を縫うようにして作られていた。

上から見ると、ひどく不安定な階段のようでもある。しかし、実際に足を乗せてみると、そうでもない。しっかりとした作りになっている。郷の祭事の時にしか使われないらしいが、手入れは怠っていないのだろう。

スノーモービルを降りた柊は、いずるやあおいたちと共に、吹き荒《すさ》ぶ風に飛ばされないよう気をつけながら階段を下っていった。ツムギが向かったと思われる鬼ヶ島に行くには、この階段を下りて、下の間道を進むしかないのだそうだ。先導してくれるのは、城で案内役を買って出てくれたあの男性である。が、柊の前を行っていたその男性が、階段の途中でぎくりとしたように足を止め、低く身を伏せた。階段の手すりから下をのぞきこむ。同じようにしゃがみこんだ柊の目にも、すぐにそれが見えた。

クレバスの中をゆらゆらと飛んでいる白い影。

それも一体や二体ではない。

「ユキノカミが群れで……なんて数だ」

うめくようにつぶやいてから、案内役の男性が背後の柊を振り返った。

「俺たちがユキノカミの注意を引きつける。君やいずるさんは先に行け」

うなずいた柊は腰をかがめ、そろそろと階段を下った。その後ろをさらに、いずるとあおいが続こうとしたが、

「っ！」

突然、柊といずるの間にあった階段の床材が、派手な音を立てて破壊された。

真っ二つに割れる板。その間から、巨大なユキノカミがにょろりと姿を現す。柊たちの位置からは見えなかったが、階段の裏側にもユキノカミが潜んでいたのだ。現れたユキノカミは大きく口を開いて、柊ではなく、柊の後ろにいたいずるを飲みこもうとする。

「うおおっ！」

あの案内役の男性が持っていたスコップを振りかぶって、ユキノカミに叩《たた》きつけた。それでユキノカミが消えるようなことはなかったが、効果はあった。殴られたユキノカミが空中でぐにゃりと体勢を崩す。その顔をさらにいずるが蹴《け》り飛ばすと、ユキノカミがいずるのそばから離れた。

「いずるさん！」

「柊くんは先に行ってくれ！」

ユキノカミは撃退したが、柊といずるの間の階段には大穴が空いていた。飛び越えられる距離ではない。そして、今の騒ぎで他のユキノカミにも気づかれた。数体がこっちに近づいてこようとしている。穴のこちら側にいる柊に向かって、いずるが叫んだ。

「下の風穴から、鬼ヶ島に行ける！」

「でもっ……！」

「ツムギを頼む！」

その一言は柊の背中を押すのに十分な力を持っていた。

一度唇を噛《か》んでから、すぐに柊は決然と前を向くと、階段を駆け下りた。

※

「はあ、はあ、はあ……」

氷ではなく岩でできた壁に右手をつき、ツムギは荒く息をついた。

辺りは天井が低い。足の下も雪原ではなく、ごつごつとした岩場になっていて、鍾《しょう》乳洞《にゅうどう》のような場所である。空気がそれなりの速度で動いていた。風穴なのだ。ここを抜けた先に鬼ヶ島がある。

襲いかかってくるユキノカミを振り切り、ツムギは何とかこの穴の中に逃げこむことができた。ただ、左の肘《ひじ》がズキズキと疼《うず》いていた。逃げる途中、ひねって痛めてしまった。折れてはいない。しかし、痛みはもちろんだが、体力も限界だった。壁にもたれ、ずるずるとツムギはその場にしゃがみこんでしまう。

「柊……」

体を丸め、膝《ひざ》に顔を埋《うず》めると、ツムギは小さな声でその名を口にした。助けて、とだけは言わない。それはツムギ自身が拒んできたことだ。

まぶたを閉じる。

と、そこで、ツムギは鼻腔《びこう》にかすかな刺激を感じた。

「この匂い――」

息を整えてから、左腕の痛みをこらえ、ふらつきながらも立ち上がる。

間違いない。

周囲に卵が腐ったような刺激臭がかすかに漂っていた。風穴の奥からだった。匂いをたどって、ツムギは歩き出す。

どれくらい進んだだろうか。

疲れたツムギにとっては、かなり長い距離にも感じられた。徐々に匂いが強まっていく。そうやって歩き続けた末、やがて、唐突に周囲の空間が開けた。穴を抜けたのである。目の前に現れた風景を見て、ツムギは目を見張った。

そこは湖になっていた。

しんと静まった湖面。深い湖ではない。水深はせいぜい膝の高さだろう。

頭上からはぱらぱらと粉雪が降っていた。さっきまでツムギがいた風穴と違って、天井を覆うものが何もないのだ。代わりというわけではなかったが、湖の中央に苔生《こけむ》した巨大な岩山があった。湖に浮かぶ島のようにも見える大きな岩山。

間違いない。

あれが鬼ヶ島のはずだった。

実を言うと、ツムギも実物を見るのは初めての経験である。ここは聖地であり、御前と祭司職の鬼を除く郷の鬼たちは、立ち入りを禁じられている。付け加えると、今までは興味もなかった。だが、今はそうではない。

ツムギの唇から今度はその言葉が洩《も》れた。

「お母さん……」

為《な》さなければならない「おつとめ」を果たしている——。

父のいずるは母について、そう語った。そして、天守閣の大広間で御前と柊が話しているのを聞いて、ふとツムギは思ったのだ。

その「おつとめ」とは、ひょっとすると、この鬼ヶ島とそこに祀《まつ》られた神成の面に関わることなのではないか、と。

「…………」

静かな湖面の中央に、岩山は厳然とそびえている。

立ち止まって、少しの間、それをじっと見つめていたツムギは、やがて再び歩き出した。

周囲が妙に暖かった。地面に積もった雪はほんのわずかだ。加えて、湖も凍っていない。その理由は、踏み出した自分の足が湖面に触れた時、すぐにツムギにも分かった。足に履いた長靴を通して、温度が伝わってくる。腰をかがめ、ツムギは湖の水を手ですくった。いや、それは水ではなかった。

「温泉だ……」

風穴からここまで、ずっとツムギの鼻腔を刺激していた強烈な匂いもこれのせいなのだろう。天然の温泉が湖となり、周囲を温め、雪を溶かしている。

すくった温泉を払い落として、ツムギが顔を上げると、岩山の麓《ふもと》に妙なものがあるのが見えた。

丸く輪になった太い綱。

輪は、中を大人がくぐり抜けられるくらい大きい。しかも、地面に転がっているのではなく、地面に対して垂直に輪が立てられている。

さらに言えば、輪を作る綱は茅《かや》を編んだもののようだった。さすがにツムギはハッとした。あれは母が出てくる幼い時の夢でよく見た、茅の輪ではないか？

湖の中をさらにジャブジャブ進んで、ツムギは岸辺に上がった。

岩山の麓にある茅の輪の向こうは、ほら穴になっているようだった。いや、よく見ると、岩を削った跡がある。ということは、穴ではなく通路だろうか。

一度、深呼吸してから、ツムギは着ていた上着を脱いだ。辺りの暖かさを考えれば、それはもう必要ない。

再び前を向くと、ツムギはまっすぐ茅の輪に向かって進んでいった。

夢の中で、母がそうしていたように。

2

「――そうすると、北参道《きたさんどう》にはユキノカミが来ないわね。警備班は二之橋《にのはし》に向かわせましょう。そこで分断できれば、一体に二人であたれるわ」

天守閣の大広間、配下の者たちに落ち着いた声で指示を出しながら、御前は内心独りごちている。

(どのみち、長くは保《も》たないわね)

そもそも、ユキノカミ相手に鬼たちでは勝ち目などありはしないのだ。

個としての力の差もさることながら、相手は尽きることなく、いくらでも湧いてくる。対して、こちらは一人が食われれば、その分、戦力が減退する。例えるなら、無限の駒を揃えた相手とチェスをしているようなもの。どんな名人だろうと、さばき切れるわけがない。

とはいえ、目の前の状況に御前が絶望しているかというと、そうでもなかった。

きっかけは、あの柊という名の少年である。

あの少年は一度、ユキノカミに食われ、その後、ユキノカミの中から吐き出されたという。そう聞くと、そのユキノカミの動きは異常に思えるが、実は話がまったく逆さまなのだ。本来、ユキノカミは鬼を襲ったりしない。つまり、少年を食べずに放置したそのユキノカミの姿こそ本来のユキノカミに近い。今、鬼を襲って食べているユキノカミの方こそ異常な姿なのである。では、なぜ、その瞬間だけ、ユキノカミは本来の姿に立ち返ったのか？

あの柊という少年は、ツムギから貰《もら》ったお守りを身に着けていたという。

そのことと、少年がユキノカミの中で見たという夢の話を聞いて、御前はようやく事態の全貌《ぜんぼう》を把握しえたように感じた。

（もう着いた……いえ、会えたかしら、あの子たちは）

配下の者たちへの指示を続けながら、御前はそんなことを考えている。

※

光苔が生えているわけでもないのに、岩山の中にあったその部屋は明るかった。

広さはちょっとした酒蔵くらいはあるだろうか。

天井には大きな鈴がいくつも吊《つ》るされている。並んだ鈴と鈴の間からは、何本もの太い綱が垂れ下がっていた。綱の先は房になっていて、しんと動かない。

茅の輪をくぐって鬼ヶ島の内部に入ったツムギを待ち受けていたのは、明らかに人工的に削って作られた階段だった。その階段を上りきった先にあったのが、この部屋である。空気が澄んでいた。これは物理的な話だけではない。場の雰囲気というか、気配がそうなのだ。静けさの中にもぴんと張り詰めた何かがあって、それが訪れた者の弛緩《しかん》を許さない。神事が行われる清浄なほこらのことを社と呼ぶのであれば、ここはまさにそうであろう。

「………」

社の入口で、ツムギは一度立ち止まった。

目の前に、天井から垂れ下がった綱の間を延びる道があった。道は社の中央に繫《つな》がっていて、そこには小さな座布団が敷いてある。座布団の上に座る者はいない。しかし、何もないかと言えば、そうではない。

座布団の上、ちょうど正坐《せいざ》した人の顔があるくらいの高さだろうか。

宙に浮いているものがあった。

お面だった。

顔の全部を覆う面ではない。顔の上半分を覆う面。目の部分が妙に歪《ゆが》んだ形で笑っている。

無言のまま、ツムギは再び歩きだした。

一歩一歩、宙に浮かんだお面に近づいていく。胸の内には確信めいたものがあった。

あれが間違いなく、御前の言っていた神成の面だろう、と。

やがて、面の前にたどりつく。

ためらいはなかった。ただ、それでもツムギは慎重に面へ向かって手を伸ばした。

指先でそっと面に触れる。が、その時だ。

「え……」

空中でやや下を向いていた面が、くいと上を向いた。

その動きは奇妙に肉感的だった。自分に触れたツムギの顔を、面が見上げたような仕草。面をかぶっている者はいない。少なくとも、ツムギの目には見えない。だが、もし、かぶっている者がそこに座っていて、ツムギを見上げたら、面もそういうふうに動いていただろう。驚いて、ツムギは伸ばした手を引っこめようとする。しかし、そうする前に異変が起きた。

「うっ……！」

突如として、突風が巻き起こった。シャランシャランと大きな音を立てる天井の鈴。社の外から吹きこんできた風ではない。発生源はツムギの目の前、あの面だ。面から風が吹いている。こちらを吹き飛ばしてしまいそうな強風だった。反射的に顔を覆い、ツムギは後ずさる。鈴が激しく鳴り続けている。二歩、三歩と後ろに下がった時、今度はいきなりツムギの足の下にあった床が、ぐにゃりと沈みこんだ。「あっ」と思う間もない。

次の瞬間、床は完全に形をなくし、ぽっかりと開いた虚空へ、ツムギは真っ逆さまに落ちていった。

一度閉じた目を開くと、周囲は星が瞬く空だった。

落ちていくツムギの体の横を通りすぎていくのは、きらめく星々。落下しているのは確かだと思う。しかし、不思議と恐怖は感じない。感覚としては、落ちているというより、星の世界を飛翔《ひしょう》しているようでもある。自分の体が向かう先に地面らしきものはまったく見えない。

時折、自分の横を星だけでなく、光の柱のようなものも通り過ぎていった。いや、通りすぎるだけでなく、柱の一本はツムギの手のひらに触れた。そして、その瞬間、ツムギの目に見えていた世界が一瞬にして切り替わった。

（え……）

目の前に見覚えのある顔がある。

「女の子だったら、ツムギはどうかな？」

父のいずるだった。ただし、現在の父ではない。今よりずっと若い。

その横にツムギがうっすらと覚えている顔が並んでいた。母だ。名は、しおん。いずると並んで立ったその姿は、お腹が丸く膨らんでいる。

「かわいい名前ね。……あ、今、お腹の中で蹴《け》った」

「ほんと？」

「ええ。気にいったのかも。ふふ――」

幸せそうに笑う二人の顔。

（お父さん……お母さん……）

ツムギが心の内でつぶやくと、見えている世界の時間がまたたく間に過ぎていった。

今度は、おくるみに包《くる》まれた赤ん坊と、それを抱いたしおんがツムギの前に現れた。

続けて、ベビーベッドに寝かせられた赤ん坊をあやしている両親の姿。

「いない、いない……ばあっ」

「キャッ、キャッ」

赤ん坊の方は大はしゃぎだ。

（私……？　ということは……これは、記憶？）

だが、おそらく自分の記憶ではない。それなら、生まれる前の父と母の姿が出てくるはずがない。父の記憶とも思えない。

とすれば、

「お母さん……そこにいるの？」

落下しながら、ツムギは視線を下に向けてつぶやく。相変わらず底は見えない。そして、また新しい光の柱が自分の手に触れた。すると、声が聞こえてきた。

「あなたのことは絶対に忘れないわ」

郷に住む鬼たちだった。

「君のおかげだ」

「しっかりと、おつとめを果たすんだよ」

口々に感謝を述べる鬼たちの顔が、自分の——いや、記憶の持ち主であるしおんの前にある。けれど、しおんが見ているのは彼らではない。その後ろ、沈痛な表情を浮かべた父の手に抱かれた幼い女の子、つまり自分だ。父の腕の中で目を閉じてすやすやと眠っている。

「ツムギ……ごめんね……」

かすかに聞こえたその声は、実際にしおんの唇から洩《も》れた言葉というより、心の中でつぶやいた想いだったのかもしれない。

そして、しおんの前に一人の年老いた女性が立った。御前だった。しわだらけの手が面を掲げている。ただし、それはついさっきツムギがあの社で見た面とは、顔に浮かぶ表情が少し違っていた。少なくとも、目があんな歪んだ笑い方をしていない。

御前の手から面を受け取ったしおんが、面を自分の顔に着けた。

「私がみんなを守らないと……」

面をかぶり、神職の装束を身にまとったしおんが、先導する祭司たちに従って、鬼ヶ島に続く道をしずしずと歩く。やがて到着したのは、岩山の中にある社だった。中央の座布団の上に、しおんは正坐する。

「ツムギ……」

シャラン、シャランと鈴の音が響いたかと思うと、辺りにぽつぽつと光の粒が生まれた。

光の粒は天井に向かって昇っていき、さらには天井さえも突き抜けて、鬼ヶ島の上空に出た。その時にはもう、光の粒は粒ではなくなっていた。

朝日を受けてきらめく初雪のような、白く長い体になっている。

ユキノカミだった。

※

やはり……という思いがなかったと言ったら嘘になる。

父が口にしていた、母が果たしているというおつとめ。そして、御前の話。

つまり、母はユキノカミを呼ぶ巫女《みこ》として、この鬼ヶ島に連れてこられたのだ。その儀式がいつから始まったのかはツムギも知らない。だが、おそらく隠の郷では代々、続けられてきたのだろう。巫女が神成の面をかぶり、ユキノカミの依代《よりしろ》となる。面をかぶった巫女の「意思」によって召喚されたユキノカミたちが、郷に雪を降らせ、人間の目から郷を隠す。そうやって誰からも見えず、誰にも侵されなくなった郷で、鬼たちは平穏に暮らしていく――。

落下を続けるツムギの手に、新たな光の柱が触れ、まさにツムギが想像した通りの光景が浮かび上がった。

「ユキノカミが戻ってこられた！」

鬼たちの歓声と共に、郷に雪が降っていた。

厚く積もった雪の中で、郷の平穏な日常が繰り返されている。

「おはよう」

「おはようございます」

「雪かき、ご苦労さま！」

「冷えるけど、良い雪だねえ」

「僕、今日は雪合戦で遊ぶんだ！」

焚火《たきび》を囲んで暖をとる大人たち。走りまわる子ども。道には子どもたちが作った雪だるまが並び、雪かきを終えた大人たちには甘酒がふるまわれる。湯気が立ち上っているのは、郷にある温泉だ。仕事を終えた鬼たちが温まって、疲れを癒《いや》している。いくつかの風景は、ツムギ自身の記憶の中にもある景色だった。平和な郷の生活。

だが、一方でそれは歪《いびつ》な平和でもある。

なぜなら、

「みんな、幸せそう……」

穏やかな鬼たちの暮らしを、光の柱に宿った記憶の主——しおんはぼんやりと見つめていた。

たった一人、面をかぶって、外界から切り離された社の中で。

「これで良かったんだよね……」

達観したようなそのつぶやきは、しかし、時間の経過と共にやがて力を失っていく。

しおんの前で何度も現れては消える、郷の風景がそうさせてしまうのだ。

「うらやましいな……」

悲しげなつぶやきがツムギの耳には聞こえた。

「なんで、私だけ……」

十年以上、しおんはそれを見ていた。いや、見せつけられていた。

自分という贄《にえ》によって、作り上げられた郷の平和を。

そして、自らの境遇とはあまりに違いすぎるその平穏を前に、ついに糸が切れる瞬間がやってくる。

「もういいや……」

社に正坐《せいざ》していたしおんの姿勢が不意に崩れた。

両腕がだらりと下がり、肩から力が抜け、面をかぶった顔が天井を見上げる。

その瞬間、しおんのかぶった面に別の表情が浮かび上がった。

歪《ゆが》んだ笑顔。ついさっきツムギが社でみた面と同じ表情だ。今、鬼たちを襲っているユキノカミの顔を思わせる表情でもある。その様を見た瞬間、ツムギはやっとユキノカミたちの行動の意味を理解した。

鬼たちを食らうのではなく、さらうユキノカミ。

なぜ、さらうのか？

それは孤独だったからだ。

ただ一人、鬼ヶ島の社にこもり、「おつとめ」という名の生贄役をその身に引き受けていた母。

郷の鬼たちは感謝していただろう。必要な犠牲だと言う者もいただろう。しかし、どれだけ感謝されても、木石ではない者には感情がある。孤独に耐えきれず、さびしいと思うことの何が悪いのか。

そして、その思いが……「意思」が自ら召喚したユキノカミたちに伝播《でんぱ》した。

だから、ユキノカミは鬼をさらって、母のもとへ、この鬼ヶ島へ連れていく。

贄の役目を続ける母の孤独を少しでも癒そうとして――。

「お母さん……」

星々の間で落下を続けてきたツムギの目に、やっと底が見えてきた。

底に広がっているのは、純白の雪原だった。ただ、雪原は新雪の滑らかさを保ってはいない。無数の足跡が残っている。そして、その足跡の中心で、今も誰かが歩きまわっている。何かを必死に捜し求めるように。

面を着けた女性だった。

しおんだ。

「私、お母さんのこと、何も知らなかった……」

孤独なその姿を見て、ツムギはつぶやいた。

「知らないくせに怒ってた……きっと嫌な奴だって……。それなら、私のせいじゃないから……お母さんがいないのは、私のせいじゃなくなるから……」

思い返してみる。

神成の面を着ける前、しおんはツムギのことを強く心の内で想っていた。

そして、ユキノカミたちは郷の外、人間界で執拗《しつよう》にツムギのことを追い回してきた。

あれもまた、母の想いにユキノカミたちが応《こた》えようとした末のことだったのではないのだろうか。娘に会いたいと願う母の想い。

「お母さん……ごめんね、お母さん」

ツムギが繰り返すと、雪原を歩きまわっていたしおんがハッとしたように足を止めた。

「ツムギ……?」

面をかぶった頭が上がる。

「ツムギなの？　どこにいるの⁉」

「ここだよ！」

迫ってくる雪原と、そこに立つしおんに向かって、ツムギは叫んだ。

「私はここだよ、お母さん！」

「ツムギ！」

近づいてきた雪原の周囲には、明かりの灯《とも》った集落があって、その向こうは深い雪山になっていた。

その景色は隠の郷によく似ている。だが、あれは決して本物の郷ではない。いや、そもそも、今ツムギがいるこの世界そのものが現実とは言い難いのかもしれない。おそらく、ここはしおんの「意思」に神成の面が応じて生まれた世界。実体はあっても、全てが幻。ユキノカミたちが鬼をさらって連れてきたのも、この世界なのだろう。

雪原が間近に迫ると、ツムギの落下スピードが急速に下がった。それこそ、自分の体が羽根にでもなったかのようだ。ふわりと宙を漂うようにして、体が落ちていく。

その先に、転びそうになりながらも駆け寄ってきた、しおんの両手があった。

「ツムギ！」

「お母さん！」

しおんの両手にツムギは飛びこみ、そんなツムギのことをしおんはしっかりと抱きしめた。

「ああっ、ツムギ……ごめんね。一番大事なのに……私、なんで……なんで置いてっちゃったんだろう……」

走る途中に落ちたのか。

しおんの顔から神成の面が外れていた。背後の雪原に転がっている。そうやって現れたしおんの顔は、間違いなくツムギの記憶にある母の顔だった。瞳《ひとみ》からとめどなく涙があふれて、流れ落ちていく。震える肩、背中。それをツムギは優しく抱き返した。そうしていると、まるでツムギの方が母親のようでもあった。

「大丈夫だよ……帰ろう、お母さん。お父さんも待ってる。話したいことがいっぱいあるんだ。紹介したいやつがいてさ……」

ツムギの言葉に、しおんは泣きながら何度もうなずくばかりだ。

だが、その時だった。

不意に、母を抱いたツムギの目に、その異様な光景が映った。

母の背後、雪の上に転がった、あの神成の面。

焼けた鉄板の上で水が蒸発するように、面が形を失っていく。そして、面が完全に消え失《う》せると、今度はツムギの体が大きく揺れた。いや、正確に言えば、揺れたのはツムギの体ではない。震動しているのは、ツムギとしおんの下にある雪原だった。足下から、怪物がうなるような地鳴りが伝わってくる。と同時に、今度はツムギを抱くしおんの体が光に包まれた。

「え……なに……？」

戸惑いの声をあげるしおんの体が、ツムギの手を離れて、ふわりと宙に浮いた。そして、次の瞬間、光に包まれたしおんの体もまた形をなくし、光そのものとなって、一気に空を駆け上がった。

「ツムギ……！」

そんな叫びだけを残して、ツムギの前から神成の面だけでなく、しおんの姿も消え失せる。

ただ、ツムギの方はその出来事にさほど驚きはしなかった。

何となく分かったからだ。

この世界の法則が。

ここはしおんの想いに応えて、神成の面が作りだした世界。だが、そのしおんがツムギと再会できたのであれば、しおんの想い……いや、願いはほぼ果たされたことになる。

ならば、この世界は役割を終え、しおんも現実に帰る。おそらく、ユキノカミに食われて、連れ去られてきた他の鬼たちも。

振り返ると、雪原の周囲に見えていた、隠の郷によく似た集落にも異変が起きようとしていた。集落の向こうにある山で雪崩が発生している。そして、集落の家々に灯っていた明かりが順々に消えていくのだ。あるいは、あの光の一つ一つが、ユキノカミがさらって母のもとへ連れてきた鬼たちで、母と同じように現実へ帰ろうとしているのだろうか。

しかし、その一方でツムギだけは、崩壊を始めたこの世界に留《とど》まったままだった。こればかりはツムギにも理由が分からない。が、今はそんなことを頭で考えている余裕などない。

山で発生した雪崩が集落を呑《の》みこみ、ツムギのいる雪原に迫ろうとしていた。

踵《きびす》を返し、ツムギは雪崩とは逆方向へ向かって走り出す。が、すぐに足が止まった。走り出した先でも、雪崩が発生していたからだ。もはや四方から迫ってくる雪の大波。逃げようとしたツムギを轟音《ごうおん》と共に押し流してしまう。

「……！」

声も出せないまま、大量の雪に呑まれたツムギの意識は途絶えた。

※

目の前に見えるものが何もない。

そして、妙に体が重い。

身じろぎしてみようとしたが無駄だった。動けない。夜中、寝ている時に金縛りにでもあったかのようだ。

「ん……あれ、真っ暗……そっか。私、雪崩に――」

まぶたを開いたツムギはつぶやき、もう一度、動こうとしてみた。やはり無理だった。ということは、今、自分がいるのは雪の中なのか。ただ、それにしては寒さを感じなかった。さらに言えば、雪の下に埋もれているというより、雪の中で浮かんでいるような感覚があって、手だけは何とか動かすことができる。

「んー、んー……」

懸命にもがいていると、真っ暗だった周囲にぼんやりと光が灯った。横向きになった自分の頭の上で何かが光っている。動く手をツムギは目いっぱい伸ばしてみた。すると、手の先が光に触れた。

「あったかい……」

光から伝わってきた熱が、体全体に沁《し》みていくにつれ、じんわりと体が温まるにつれ、自由が回復していった。手だけでなく、全身が動くようになる。向きを変えると、ふわりとツムギの体が下に沈みこんだ。足が地面の上に降り立つ。雪の中に浮かんでいたはずの自分の体が地面に降りるというのも、おかしな話だが、ツムギ自身の感覚としては、そうとしか思えないのだ。

ひょっとすると、自分はもう死んでいるのかもしれない、とツムギは思った。亡霊になって、魂だけが雪の中をさまよっているのかもしれない。

しかし、ツムギがそんなことを考えた瞬間、今度は自分の足の下にあった地面が強く光った。まるで、光がツムギの考えを強く否定しているかのようだった。

「これ――」

改めて、ツムギは光っているものを見た。

そこには足跡があった。

雪が降り積もった地面の上に残された足跡。

一歩、前に踏み出して、ツムギは自分の足をその足跡に重ねてみる。

途端に、水面《みなも》に波紋が広がるように、足跡から光の輪が生まれた。と同時に、その顔がツムギの脳裏に浮かんだ。

「……柊の足跡？」

確証はない。だから、ツムギはさらに歩いて、足跡をたどってみた。自分の足が雪の上の足跡に重なるたびに、ぽっと光の輪が生まれる。

「わあ……」

声をあげると、光の輪は地面からスッと浮かび上がり、輪の中にツムギの体を包み込んだ。ツムギを拘束するような動きではない。そうではなく、輪はツムギの周りでゆっくりと上昇していくのだ。自分の体がエンジェルリングの中をくぐっているようだった。やがて、輪はツムギの目の高さまで到達し、同時にその声が聞こえた。

『――え、行かないよ？』

さすがにハッとした。

それはツムギ自身の声だった。しかし、ツムギは何も言っていない。いや、というより、それは今のツムギが口にした言葉ではない。

そのことを証明するかのように、すぐに別の声がした。

『――僕も行くから』

『――だめだよっ。柊は来ないで！』

思い出した。

これはあの時の会話だ。

天守閣で御前と会って、柊と食料庫に向かう途中でかわした会話。

光る雪原の足跡をたどる自分の足を、ツムギはさらに進めてみる。
するとまた光の輪はツムギを包み、様々な声が折り重なるようにして響いた。
『――もっといろんな世界を見てみたい！』
『――きっと、いろんな人がいて、いろんな考え方があるんだと思う』
『――受け継がれていく何かがあるようで』
『――お礼なら、あの子に言いなさい』
自分の言葉もあれば、他の人の言葉もあった。
そして、どれもが柊との旅の中で聞いた……いや、得た言葉だ。
雪の上をずっと続いている足跡を見て、ツムギは微笑んだ。そして、つぶやく。
「柊が一緒だったから、ここまで来れた」
そこへ重なる足跡からの声。いや、記憶。
『――家族だから、言葉にしなくても理解し合えるなんて、ウソだって』
『――いろいろとお世話になりました！』
『――バイバーイ！』
ふと、胸の内でツムギは思う。
もし、思い出というものが誰かと誰かを繋《つな》ぐ糸であるならば。
その糸は今も確かにここにある。

糸の端をしっかりと自分の手が握っている。

「みんなと出会って、繋がって……今の私になってるんだ」

前を向いたツムギは、いつしか走り出していた。

「私もきっと、柊に繋がってるはず」

足跡の先にはきっといる。

待ってくれている。

あの懐かしい顔が。

「柊!」

『――柊に会えてよかった』

「柊!」

『――今は……ツムギのためにがんばりたいと思ってる』

「柊!」

交差する、自分の声と、足跡から聞こえてくる声。

「柊っ!」

ひときわ強く想ってその名を呼ぶと、延々と続いていた足跡の先に、ぼんやりとその背中が見えた。いつ見ても、頼りがいのある背中ではない。そんな力強さはないけれど、温かく輝いている。

「柊ーっ！」

叫んで追いつき、ツムギは後ろからその背中に抱きついた。

ぬくもりが伝わってくる。

と同時に、暗かったこの世界が白く染まり、何も見えなくなった。

※
『――バス代なら、僕が出します』

『――この子のお連れさん？』

『――はい。……連れです』

白い世界で声はまだ響いている。

ただ、聞こえるのはそればかりではなかった。

「……ツムギ。……ツムギっ」

まどろみの中で、「ちょっとうるさいな」ともツムギは思ってしまう。今聞こえている声も柊との大事な思い出の一つだ。ちゃんと聞かせてほしい――。

だが、ぼんやりとそんなことを考えた時、今までで一番大きな声が自分の名を呼んだ。

「ツムギ!」

それでやっと目が覚めた。

ゆるゆるとツムギはまぶたを開く。

見慣れた顔が少し見慣れない顔をして、そこにあった。

眼鏡の向こうで、涙を溜《た》めた目。上から自分の顔をのぞきこんでいる。どうやら膝《ひざ》枕《まくら》されているようだ。ツムギが目を開くのとほとんど同時に、くしゃっとその顔が歪《ゆが》んだ。安堵《あんど》の泣き顔だった。

「良かった……ツムギ、生きてた……」

「柊……?」

名を口にしたところで、ツムギの意識もはっきりとしてきた。さっきの出来事は、全て夢だったのだろうか。いや、そうとばかりは思えないのだが。

だが、いずれにしても、今の自分はこうして柊の膝の上で抱かれている。場所はどこか分からなかった。雪の上であることだけは確かだ。鬼ヶ島の外? というより、そもそも、なぜ城の食料庫に残してきた柊がここにいるのか。

「どうして……」

ツムギが整理しきれない疑問をそのままつぶやくと、それをどう受け取ったのか、柊の方は表情を改めた。

「ツムギに置いてかれてから、自分がどうしたいのか考えたんだ。自分の本当の気持ちを大事にしたら、力がわいたし、みんなも応援してくれた」

ツムギにとっては答えになっているようで、なっていない返答だった。目覚めたばかりで、まだ頭がうまく回っていないツムギに理解できたのは、柊が自分を追ってきたということ。そして、その原動力となったのが、

「本当の気持ち、って？」

「あ、えと……」

途端に、柊がいつもの柊になりかけた。言いたいことが中々言えない内気な少年。見上げるツムギから目をそらす。

だが、すぐに柊は視線を元に戻した。

ほんの少し顔を赤くしながら、それでもツムギのことを、笑みを含んだ眼差しで見て、

「ツムギに会いたいってこと」

「それって……」

思わずツムギが目を見開いた瞬間だった。

「え……ちょっと待って」

声をあげて、ツムギは柊の首にしがみついた。

なぜかといえば、突然、柊の体がふわりと宙に浮いたからだ。あの現実とも幻とも言えない世界で、母のしおんが自分の前から消えた時のように。

そして、ツムギの目がそれをとらえた。

「あ……」

柊の額だ。

そこにはさっきまでツムギと同じもの、角が生えていた。しかし、その角がわずかに発光しつつ、溶けるように消えてしまう。理屈ではなく、直感でツムギは悟った。柊は鬼から人間に戻ったのだ。戻った理由……それはきっと、たった今、自分の本心をツムギに伝えられたから。

宙に浮いた柊の体がさらに上昇する。

ツムギの体もまた空中に浮かんでいた。というより、今やツムギ自身も空を飛翔《ひしょう》していた。自分の意思で自在に動けるわけではない。けれど、ある程度は飛ぶ方向も変えられる。まるで、体が気球にでもなったかのようだ。

空は明るかった。

はるか遠くに見える山際が白く染まり、日の出の時間が迫っている。

雪が降っていた。

けれど、その雪に気づいた時、ツムギはぽかんと口を開いた。

あまりにもおかしな光景だったからだ。

それは以前、ツムギが夢の中だけで見たものと同じだった。

——雪が逆さに降っている。

地面から空に向かって、しんしんと。それこそ天地が逆さまになってしまったかのように。

そして、その異変はツムギと柊の周辺だけでなく、隠の郷全体で起こっていた。

※

「なに……？」

あおいは呆然《ぼうぜん》と空を見上げた。

雪が地面から天に向かって、逆方向に降っている。

だが、おかしいのはそればかりではない。

たった今、あおいは一体の巨大なユキノカミに襲われていた。刺股《さすまた》を手に応戦していたら、突然、そのユキノカミに変化が起きた。長い体が急激に膨らんだかと思うと、内から爆《は》ぜるように、ユキノカミは弾《はじ》けて消えてしまったのである。

同じことを経験したのは、あおいだけではなかった。

「え……」

「なんで――」

郷のあちこちで、雪は逆さに降り、そして、空を飛び回っていたユキノカミたちが次々と消滅しつつある。

※

岩山の麓《ふもと》にある茅《かや》の輪から、一人の鬼が飛び出してきた。

巫女《みこ》装束に身を包んだ女性。

ようやくたどり着いた鬼ヶ島でそれを見つけたいずるは、声を張り上げた。

「しおんっ！」

「！　いずる！」

その鬼、しおんもすぐに気づいた様子だった。岩山の周囲を取り囲む湖に足を浸し、バシャバシャと湖を渡ってくる。いずるも走った。夫婦にとっては、十数年ぶりの再会だ。しかし、今はそれを喜ぶような状況ではなかった。しおんの顔に必死の表情が浮かんでいる。駆け寄ってきたしおんを両手で抱きとめ、いずるはたずねた。

「何があった？　大丈夫か？」

「ツムギが戻ってきていないの！」

「じゃあ、ツムギと会えたんだな？」

しかし、続けて問いを発しかけたところで、いずるはそれに気づいて視線を上に向けた。

「あれ……」

「え……？」

いずるが指差した方角を、しおんも見上げる。

鬼ヶ島の岩山の上に広がる空だ。

一人の少年と少女がふわりふわりと空中に浮かんでいた。

※

眼下に見える父と母の姿に、ツムギもすぐに気づいた。

空を飛ぶ向きを変える。

柊の首につかまる必要はもうなかった。右手で隣を飛ぶ柊の手を握り、逆の手を両親に向けて振ってみせる。

そうして、ゆっくりと二人は地上へ降りていった。両足が雪のない地面に触れる。

その途端、ツムギは柊から手を離して駆け出した。

「お母さん！」

「ツムギ！」

母の腕の中に飛びこむのは、二度目だった。あの現実とも幻ともつかない世界でそうしたように、走り寄ってきたしおんにツムギは抱きつく。しおんも強くツムギのことを抱きしめた。

「お母さん、おかえり」

「ただいま、ツムギ。大きくなったね」

温かな体温と、懐かしくも、優しい声。

それを全身で感じながら「うん」とうなずき、ツムギは頭を上げた。母から少し体を離し、その顔を瞳《ひとみ》に映す。

しおんは穏やかな表情でツムギを見ていた。

「さびしい思いさせてごめんね」

「私……ずっとさびしいって思い込んでた。でも」

そこで、ツムギは母の後ろで微笑んでいるいずるに目を向けた。

「お父さんがいてくれたし」

そして、振り向いて、その視線を今度は柊に。

「柊にも会えたんだ」

笑顔の柊がツムギにではなく、しおんに向けてぺこりと頭を下げてみせた。

ツムギは改めて母に向き直った。

「私は一人じゃなかったから大丈夫だよ、お母さん」

しおんの瞳が少し潤んだようだった。

「そうね。本当に良かった」

「うちに帰ろ」

「うん」

「柊も……」

だが、もう一度振り向いたツムギが言いかけると、そこにいた柊の顔から笑みが消えた。

額にはもうツムギと同じ角はない。

真摯《しんし》な表情を浮かべて、柊は静かにこう告げた。

「僕は……もう行かなくちゃ」

どこに、と聞くまでもなかった。

ツムギに帰る場所があるように、鬼ではなくなった柊にも帰る場所がある。

「そっか……」

つぶやき、ツムギはわずかに目を伏せた。だが、それは本当にわずかな時間のことだった。

すぐに笑顔になると、ツムギは柊のことをまっすぐ見て、

「行って、柊」

「うん！」

柊の返答にも迷いは一切なかった。

力強くうなずいてみせると、踵《きびす》を返す。

歩き出した背中が、ふとツムギをまた思い出に誘った。この数日の間、ずっと自分に寄り添ってくれた、あの背中。思わず呼び止めそうになって、ツムギは一度こらえる。選ぶべき言葉を間違えそうになったからだ。湿った別れなど、自分には……いいや、自分たちには似合わない。

だから、口に両手をあてると、ツムギは大きな声で叫んだ。

「柊っ！　ありがとーっ！」

柊の背中はもう随分離れていた。

一度立ち止まってこちらを向くと、柊は手を振る。

ツムギはまた叫んだ。

「柊ーっ！　帰り道、気をつけてーっ」

柊の方はもう歩くのではなく、走り出していた。その姿に向かって、ツムギは何度も何度も叫んだ。

「柊ーっ！　楓ちゃんによろしくねーっ。柊ーっ……」

雪はまだ逆さに降り続けている。

※

隠の郷の雪が消えつつあった。

地面から空に向かって雪が降る——。

それはつまり、郷に降り積もり、郷を隠していた雪が天に帰っていくということを意味しているのだ。

配下の者の報告でそれを知った御前も、城の大広間を出た。

郷を一望できる外廊下から、静かな眼差《まなざ》しで外の様子を見る。

やがて、ふっと、その表情が緩んだ。

「隠の郷も変わってかなきゃいけないわね……」

教えられなくても、出口はすぐに分かった。

ぐるぐる回る回転柵《さく》が設置された古風な門の先にあった、地下に向かって下っていく階段。

柊が階段を下りきり、底にたどりついてから、斜めにせり上がった地下道を進んでいくと、光が見えてきた。

出口には注連縄《しめなわ》が垂れ下がっていた。

頭を下げ、注連縄の下をくぐり抜けてみる。すると、そこは山を切り崩した石切り場になっていた。おそらく、この場所が御前も言っていた人間の世界から隠の郷に向かう入口なのだろう。いや、もう入口の外か。空気の質も温度も、さっきまで柊がいた隠の郷とは全く違う。

じりじりとした暑気が肌を焼いていた。時刻はまだ朝と言ってもいいくらいだが、この季節はそんなものだ。強い夏の日差しに、柊は目を細める。

そして、懐かしい声を聞いた。

「柊っ!?」

※

驚いたように名を呼ばれたが、実のところ、驚いたのは柊も同じである。

石切り場に父、幹雄の姿があった。柊のことを見つけたい一心で、幹雄がこちら側、つまり人間の世界で、ツムギやツムギの父のいずるをしつこく追い回していたことなど、柊は知らない。結局、幹雄がこの石切り場の近くでツムギたちに振り切られてしまい、一人、途方に暮れていたことも。

ただ、父がなぜこんな場所にいるのかは、柊にも察することができた。というより、それは疲れきった幹雄の顔に書いてあった。

「お前……今までどこ行ってたんだ⁉　どんなに心配したか……怪我はないのか？　あいつらは――」

「お父さん、心配かけてごめん」

矢継ぎ早に問いかけてくる幹雄に、柊は落ち着いた声音で応じた。それがまた、幹雄にとっては驚きだったらしい。柊がそんな態度で幹雄と向き合ったことはほとんどない。寝不足の目を大きく開いて、幹雄は息子のことをまじまじと見る。

柊は微笑んだ。

「話したいことがいっぱいあるんだ」

そう。

本当にたくさんある。

この数日のことだけではない。

それ以外のことも全て。どんなに叱られたとしても。

始まりは、きっとそこからだ。

「うちに帰ろ」

そう言って、柊は幹雄に笑いかけた。

エピローグ

並木道が、舞い散った銀杏《いちょう》の葉によって黄金色の絨毯《じゅうたん》に変えられている。

人通りの多い歩道は避けたくなる季節でもある。踏まれて潰《つぶ》れたギンナンが、強烈な匂いで存在を主張するからだ。もっとも、柊はあの匂いがそこまで嫌いではなかった。何より、匂いはともかく、食べ物としては好物の部類に入る。

空は高く、晴れ渡っていた。

吹き抜けていく風がやや冷たい。そろそろ秋も終わり。冬の気配が近づいているようだ。

道を歩く柊の横で、一台のバスがバス停に停まった。

前乗りのドアが開いて、バス停で待っていた人たちがバスに乗りこんでいく。

何となくデジャブめいたものを柊は感じたが、もちろん気のせいだった。

隠の郷から帰って、もう数ヶ月。

あの明るく元気な声を聞いたことは、一度もない。

かぶりを振って、柊はバス停を通り過ぎた。

だが、そうやって道を少し進んだ時――。

「出発しまーす」

「待って待って待って！　降りまーす！」

背後で聞こえたその声に柊はハッとした。

まさかと思いながら振り返ってみると、バスの降車口から、特徴的な猫っ毛を可愛らしく結んだ女の子が、軽やかな足取りで降りてくるところだった。

「え……ツムギ？」

名を口にした瞬間、足は自然に駆け出している。

「ツムギっ！」

叫ぶと、相手もようやく気づいてくれたようだ。「ん？」と軽く首をひねってから、

「あーっ、柊！　こんなところに！」

「え？」

どういうわけか、ツムギの顔が少し怒っていた。

そして、目の前で立ち止まった柊の前で腰に手をあて、

「全然来てくれないじゃない」

郷に、という単語が抜けている。いや、それとも、私のところに、と付け加えた方が良いのだろうか。

どちらにしても、柊にしてみれば、

「え。だって、あれから何度も入口に入ったけど、違う場所に出るだけで……」

一瞬、妙な間が生まれた。

だが、すぐにツムギが「あー」と頭をかいて、あさっての方角に目をやる。

「鬼しか通れないんだっけ」

「ええっ……」

さすがに抗議の声をあげる柊の前で、ツムギはクスリと笑った。

「ところで、お父さんとはうまく話せた？」

これには柊も表情を改めた。

ツムギと同じように笑って、

「うん。時間はかかるかもしれないけど、もう大丈夫。……これ」

言いながら、ずっと渡そうと思って常に持ち歩いていたそれを、上着のポケットから引っ張り出す。

「ありがとう」

日枝神社のお守りだった。

「うん」

今度はツムギが優しげな目になって、お守りを差し出した柊の手に自分の手を重ねた。

　そうして、柊の手を握ったまま、

「柊……私も」

　そこで、ツムギの頬が少し赤くなった。

「柊に本当の気持ち、伝えに来たの」

「えっ」

　驚きの声をあげた時にはもう、柊も気づいている。

　だから、あわてた。私も、とツムギは言うが、柊の中ではあの時、はっきりとツムギに言葉で伝えたつもりはない。特に一番大事なことは言えていない。

「ちょっと待って！　僕が先に……」

「だめだめ、だめ」

　言いかけた柊をさえぎってから、ツムギが今度は悪戯《いたずら》っぽく微笑んでみせる。

「次は私の番。でしょ？」

　走り去ったバスのエンジン音はもう遠い。

　澄みきった青空に、鬼の少女の明るい声だけが響いた。

本書は書き下ろしです。

好《す》きでも嫌《きら》いなあまのじゃく

ノベライズ／岩佐《いわさ》まもる　原作／柴山智隆《しばやまともたか》　コロリド・ツインエンジン

令和6年 4月25日　初版発行

発行者●山下直久

発行●株式会社KADOKAWA
〒102-8177　東京都千代田区富士見2-13-3
電話　0570-002-301（ナビダイヤル）

角川文庫 24136

印刷所●株式会社暁印刷
製本所●本間製本株式会社

表紙画●和田三造

ISBN 978-4-04-114865-5　C0193

◇◇◇